Un ejemplar único

Roberto Ferro

Ferro, Roberto
Un ejemplar único.
Ciudad Autónoma de Buenos Aires, Abril 2022
P: 230; 15,24 cm x 22,86 cm

ISBN: 979-8813025129

1. Narrativa Argentina. 2. Novela. I. Título

Diseño de tapa: Ana Abregú
Diseño de cubierta e interiores: Ana Abregú.
Metaliteratura www.metaliteratura.com.ar

Impreso en Amazon

A Hebert Benítez Pezzolano
Por una amistad sin orillas.

Toda la gran literatura es una de dos historias; un hombre emprende un viaje o un extraño viene a la ciudad.

León Tolstoi

El conocimiento del mundo es una luz que siempre proyecta alguna sombra.
Gastón Bachelard

La huella sangrienta

Desnudar es propio de la Muerte. También lo es la incesante contemplación de las criaturas por ella desposeídas.
Alejandra Pizarnik

El doble péndulo

El primer grito descorrió, brutalmente, el silencio, tras un intervalo imposible de medir por la intensidad del suspenso, le siguieron voces desaforadas junto al estrépito de pasos urgentes y de cuerpos que se atropellaban.

La irrupción puso en contacto dos secuencias, una que había sido coordinada meticulosamente hasta el último detalle y, otra que, al entrar en vínculo con la anterior, desbarató su continuidad transformándola en una sucesión condenada a desembocar en la vasta bruma del universo inasible de lo que pasa desapercibido.

Agustín Peláez era una estrella del futbol mundial, había saltado de un club de la segunda división de la Argentina a uno de los equipos más reputados de la liga inglesa y, en breve lapso, pasó a convertirse en una pieza insustituible del seleccionado de su país. A ello se sumaba su estampa de galán que lo hacía atractivo como icono publicitario de marcas internacionales. Su imagen competía con las de otras celebridades del mundo del entretenimiento; sin embargo, había logrado mantener su vida íntima en estricto secreto, a tal punto que las relaciones que se le atribuían eran versiones nunca comprobadas fehacientemente.

Mirna Mejía había transitado alguna de las etapas previsibles por las que debe atravesar una joven que cuenta como talento más notorio el atractivo del cuerpo. Un golpe de fortuna trastornó su destino de estrella fugaz, que tendía a diluirse hasta perderse en el hueco insaciable de la renovación exigida por la voracidad mediática; por casualidad, estaba en el estudio de televisión cuando la presentadora del clima del noticiario se retrasó. Mirna había ido a una audición para un show de música tropical, con vestuario rimbombantemente apretado y vistoso, con la convicción que esa era su única carta ganadora. Por algún motivo inescrutable, su intervención recitando datos del pronóstico, frente a una pantalla con gráficos diagramados, produjo un gran impacto; la repercusión disparó un efecto de amplificación centrado en su figura; casi simultáneamente saltó a la tapa de algunas revistas del espectáculo e hizo apariciones como panelista en programas que capturaban gran audiencia.

Agustín Peláez había participado en un partido de las eliminatorias sudamericanas el día anterior, debía embarcarse hacia Londres a primera hora de la noche; con el sigilo que lo caracterizaba, había concertado una cita con Mirna Mejía en su casa del barrio de Saavedra. Una indiscreta filtración al canal en el que ella trabajaba fue el disparador de una operación cuidadosamente preparada. Mirna alquilaba un lujoso chalecito en la calle Manuela Pedraza al 4400. Peláez partiría de allí directamente al aeropuerto, a la hora en el que estaba en pantalla un programa de entrevistas e informaciones de la farándula; un reportero y el camarógrafo se habían instalado discretamente en el hall del edificio de enfrente con la complicidad del encargado, seducido por la promesa de aparecer en cámara para dar testimonio. El dispositivo había contemplado el estacionamiento de una motocicleta delante de la casa de Mirna para asegurar el ángulo de enfoque de la cámara en el momento del asalto.

Con la precisión que se le atribuye al azar, cuando se revisan sus efectos retrospectivamente, un par de minutos antes de que Mirna diera aviso de la partida de Peláez, comenzaron las voces y los lamentos exasperados en el edificio. Un tumulto de vecinos se apretujaba en la puerta de un departamento del primer piso. El episodio inesperado disparó la intuición de quienes estaban al acecho de un escándalo mediático. La hipérbole que se hubiera propalado con las imágenes en directo de una de las formas clásicas de la épica plebeya quedó definitivamente postergada. Ante la posibilidad de un acontecimiento que podría ser una primicia inigualable, desde la dirección del canal dieron la anuencia para que cambiaran los planes; y no se equivocaron, con la agilidad y la intuición, propia del oficio, asumieron el riesgo de que, con esa decisión, se cambiaba una operación que estaba destinada al lodazal de la instantaneidad y la adoración del reinado de las nulidades sin talento, por la oportunidad de mostrar en directo un drama de sangre. El reportero y el camarógrafo tuvieron que subir precipitadamente la veintena de escalones que los separaban del grupo de exaltados que pujaban por mantener sujetado a un hombre joven que vestía una remera manchada de sangre y clamaba desesperado pidiendo ayuda.

El calor impiadoso de aquella tarde de enero había dejado desiertas las calles del barrio de Saavedra, lo que le otorgaba un marco, aún más relevante, a las circunstancias trágicas que se asomaban a las pantallas de los televisores. Cuando Agustín Peláez abordaba el auto de alquiler que lo llevaría al aeropuerto, arribaban al edificio de enfrente dos patrulleros con sus sirenas ululando y dotaciones dispuestas a intervenir con la integridad profesional que habilita la presencia de los medios periodísticos. Mientras tanto, Mirna Mejía apoyada en la reja no salía de su perplejidad, sin comprender que la fortuna se rige con una ceguera tan inescrutable como impredecible.

Aldo Bareiro vivía en el segundo piso, los primeros en llegar al departamento de Clara Sandoval atraídos por los pedidos de auxilio lo encontraron arrodillado junto a ella con un cuchillo en la mano y las ropas salpicadas de sangre mientras vociferaba que no dejaran escapar al asesino. En un primer momento intentó abandonar la escena del crimen para perseguir a quien, insistía, había atacado a Clara.

Los primeros planos, muy elocuentes, mostraban con crudeza tanto a la víctima como a Bareiro, sujetado por los brazos de quienes los acusaban a viva voz del crimen. La llegada de la policía impidió que la agresividad de los testigos pasara a la acción directa.

La fuerza probatoria de las imágenes produjo un efecto condenatorio que, prácticamente, fulminó a Bareiro, durante algo más de hora y media la trasmisión en vivo hizo saltar el pico de audiencia a niveles históricos y, consecuentemente, la palabra incendiaria de los locutores se propalaba confirmando, a priori, la condena del criminal sorprendido casi en simultáneo con sus acciones. La indignación pública por el suceso se retroalimentaba con la catarata de epítetos condenatorios de los expertos ocasionales que, movidos por la exigencia de linchamiento inmediato se afanaban en su exaltación.

La versión de los hechos que daba Bareiro entraba en contradicción con la flagrancia con que había sido sorprendido por los testigos; tan contundente fue la ola de reprobación que no hubo abogado que tomara el caso, incluyendo aquellos que suelen asomarse a los sucesos de resonancia para lograr mayor visibilidad; el defensor público cumplió con la tarea de ratificar la culpabilidad del imputado. Con presteza inusual, para la pesada y morosa maquinaria de la justicia, en menos de cinco meses, el tribunal de primera instancia, dictaminó que Aldo Bareiro era culpable del crimen en ocasión de robo y lo condenó a cadena perpetua.

Rescoldos

28 de agosto. Como si las reglas de verosimilitud se hubieran invertido, el Buquebús ha demorado su partida por una tormenta de Santa Rosa que ha ido incrementando su furia sobre el Río de la Plata, seguramente para confirmar los presagios de Brausen. No he oído a nadie a mi alrededor que haya dicho "Mundo loco", o acaso se ha diluido entre los murmullos crecientes de las quejas que han ido subiendo de volumen a medida que pasaban las horas.

Me sentía asediado, casi obligado a rumiar sobre los motivos por los cuales he decidido tomar nota de algunos episodios de mi pasado reciente para novelarlos luego, relegando otros a la dudosa comarca de lo que nunca tuvo entidad, lo que ha sucedido sin más.

Sin embargo, los vacíos se han convertido en un lastre insoportable que ha desbaratado el curso de mis proyectos futuros, poniendo en evidencia un desajuste que me resultaba inadmisible. La decisión se ha transformado en una coartada para el resentimiento del relato que, trabajosamente, venía componiendo, me movilizaba una ráfaga de urgencia por desmontar todo y comenzar nuevamente. La fuerza con que han irrumpido un conjunto de indicios me ha puesto en la disyuntiva de aceptar, tardíamente, que en el trazado de mis divagaciones había cesuras impuestas por mi ceguera. Como una consecuencia del radiante pensamiento de Perogrullo, cerraba la especulación con la convicción de que había una gran asimetría entre mi pasado y la memoria con que fui registrando una mínima parte del flujo inasible de la corriente temporal en la que he sido arrastrado. La evidencia me estremeció, desde un presente que me llevaba a esa consideración; la memoria no es acumulativa, sino perversamente selectiva, incluso para registrar las zonas oscuras que se alejan de la tenue luminosidad de la conciencia.

La voz impersonal de los parlantes informaba que, a la brevedad, se anunciaría la partida tantas veces postergada, ya no hubo murmullos, sino reacciones encrespadas, protestas, niños que patalean, adultos que se alborotaban indignados y adolescentes que chiflaban estruendosamente.

Si la memoria fuese una dimensión espacial, un lugar en la que se archivan los recuerdos, no tenía nada más cercano para figurar ese espacio que el de una biblioteca, por supuesto, no sería la biblioteca de Babel sino la biblioteca de Cáceres, mucho más modesta y estrecha. Las notas que he ido recogiendo remitían a recuerdos que se fueron acumulando en diversos estantes, alguna de esas referencias correspondía a libros leídos, remarcados, otras simplemente a aquellos que apenas podría evocar borrosamente y una infinidad de notaciones aludirían a los libros por leer, de los que estaría habilitado para establecer un tenue vínculo.

La memoria, como una biblioteca, sería un tejido de claroscuros: los estantes acumulaban, tanto los que he ido registrando, como aquellos volúmenes que han pasado por mis manos, aunque no los he notado. En la sala de espera, me hacía cargo de que la irrupción operaba como factor de desarticulación, no de las notas con las que fui dejando constancia de lo que consideraba memorable sino de la proyección de sus posibles continuidades en un futuro incierto. Esa huella en la portadilla de un libro de Alejandra Pizarnik ha suspendido la consistencia de la masa de los recuerdos notados, de los libros datados. Esa masa ha sido atravesada por intersticios; si las notas eran puntos de anclaje que me enviaban a yacimientos que se abrían a partir de esa clave, la huella se revelaba como un rescoldo, una brasa que amenazaba con encender el resto de ese sector de la biblioteca.

Los envíos de los rescoldos emergían como portadores de un sentido que distorsionaba las series a las que se habían apegado mis apuntes, series que se anticipaban al propósito de ponerlas luego en relato. Solo se olvida lo que se ha recordado previamente, los rescoldos portaban las idas y venidas de lo no percibido en tanto que acontecido, que enfrentaba con la inapelable imposición de reponer.

Frente a ese dilema pensaba que la única vía sería recurrir a la convicción de que la temporalidad vivida debería tener el diseño de una masa hojaldrada, una suerte de superposición de múltiples mesetas entreveradas que exigiría, para su indagación, una arqueología de intentos discontinuos; los sucesos acaecidos, dispuestos en un orden similar al de la biblioteca, unos al lado de otros en diversos estantes; los no registrados en las notas deberían tener cierta correspondencia o contaminación con los que los acompañaban. En síntesis, los intersticios estarían ocupados por volúmenes que guardaran algún grado de parentesco con los otros.

Decidí escribir para comprender la incertidumbre que me provocaba el desplazamiento de relatar, como si fuera alguien ajeno a un continuo de situaciones en las que he participado como un simple comparsa, una suerte de actor de relleno que no ha tenido la más mínima incidencia sobre el curso de los acontecimientos; escribir para averiguar la zona desconocida que ha resurgido. Quizás haya caído en la tentación de dejarme arrastrar por la corriente infinita que condena a una desmaterialización de lo vivido, que naturaliza los acontecimientos hasta hacerlos invisibles. Al ignorar determinados hechos, y las personas que los actuaban, privilegié el frenesí de la información apegado a las notas en las que retenía aquello que creía relevante; entonces, al anotar, también borraba la posibilidad de retener una parte mínima del flujo que me atravesaba. Mis notas han sido perturbadas por la huella que las ha convertido en esquemas, bosquejos que, correlativamente, al almacenar datos, borraban por exclusión otras vivencias.

Las vivencias que habían reaparecido como rescoldos, emergían a la manera de canteras de reposo interfiriendo en la duración de mi escritura futura y exhibiendo una perseverancia que desordenaba la contemplación del pasado.

Los rescoldos se me aparecían como formaciones de la existencia que han quedado relegadas por la petición y el apremio de la información de otras contingencias. Esa falsa percepción, o percepción distorsionada, al menos desfigurada por una evaluación apresurada o, en definitiva, por un criterio errado, exigía la revisión que intentara una atención lenta y detenida que reparara la composición de esa ausencia.

He quedado atrapado por un oleaje, la metáfora sonaba impropia de reclamos e improperios, como si estuviera inmerso en una escena de teatro naturalista; los empleados que estaban obligados a dar la cara, desconocían, no el curso de lo que iba a suceder, sino que estaban sometidos a la discrecionalidad de los que tomaban las decisiones.

En cada rescoldo figuraba una materia sólida que, por efecto de diferentes reacciones, aún no se ha transformado en ceniza y conservaba un resto potencial de energía.

Desde la aproximación tentativa de su duración y pertinencia, la alusión metafórica envía, en consecuencia, a una particularidad o a una especificación, conveniente para tratar asuntos, que desde otra perspectiva se me revelabansuperficiales o constituidos de manera confusa; tales asuntos podrían ser tomados simplemente como palabras de significado bastante preciso; no sería por eso que reverberaban y atraían, sino porque aparecían como espacios semánticamente dotados de una densidad que sugerían sentidos y usos, recursos interpretativos, pluralidad de significados y funciones, que instalaban mis notas en el vago territorio de la trivialización.

Situado en una perspectiva que privilegiara la indagación inquisitiva, en definitiva preocupado por los procesos de núcleos de significación, me animaba a afirmar que el sentido evocado por los rescoldos podía ser entendido como una constelación que se hacía presente cuando significaba en su luminosidad, y que atraía a su dilucidación aquello que permanecía disperso en una inasible oscuridad.

Disperso fuera de los focos de luz en tanto proceso en curso, en tanto movimiento en el que se integraban distintos componentes. Cuando esa movilidad se atenuaba, algunos de sus componentes se anunciaban como envíos significativos.

Pensar los temas y los motivos ignorados en mis notas como rescoldos, era pensarlos en acumulación de sentidos disponibles entonces, para ser puestos en acto una vez que lograra establecer los nexos con aquellos de los que he dejado referencia. La idea de rescoldo no se agotaba en esa tenue iluminación que por su peso pierde agitación y se fijaba, nunca perdían la capacidad virtual de movimiento.

La huella en el libro de Pizarnik manaba como un núcleo disponible a entrar en renovados vínculos, a reformularse en otras constelaciones, ocupando un lugar concentrador en las series en las que participaban. Entonces era cuando su visibilidad se hacía nítida, su integración al nuevo proceso en tanto sentido recuperado, lo situaba asimismo, en una exterioridad previa y reconocible como una constelación que significaba en territorios más o menos delimitados de la experiencia de circunstancias situadas y fechadas.

Los rescoldos reenviaban a sedimentaciones de diferente extensión y consistencia, lo que sería, por lo tanto, hacer reconocibles los contactos. Acumulados en los estantes de mi biblioteca imaginaria como figuración del pasado. Los posibles rescoldos suscitaban movimientos interpretativos a los convocaban, los iluminaban y permitían acercarse a su sentido, también su entidad reconocible tendría límites inestables y su composición marcada por la heterogeneidad, tanto de sus componentes como los que surgieran de la heterogeneidad de sus relaciones. Los rescoldos serían concitadores e incitadores por la relevancia de la carga reconocible que portaban, situados entre lo más abstracto de su posibilidad de ser nombrados y lo más concreto de las realizaciones fácticas de las que se desprendían.

Las acciones, situaciones, los personajes, mantenían en los rescoldos una parte de las vibraciones como cosas vividas.

El nuevo mensaje fue lacónico, tajante, rezaba casi literalmente que dadas las actuales condiciones climáticas se suspendían los viajes entre los puertos de Buenos Aires y Montevideo hasta nuevo aviso. A continuación, una voz más afable informaba que los pasajeros iban a ser alojados en hoteles de las cercanías. Me dispuse mansamente a seguir las instrucciones para retirar mi *voucher*.

Fue como un destello incandescente, al momento de inclinarme para recoger el equipaje de mano, una imagen se asomó de repente, interfiriendo el escenario móvil que me rodeaba. Tenía la tonalidad de una vieja postal con el color sepia de las fotografías de hace años, incluso con los bordes acanalados de los márgenes; en el centro había un hombre alto con cara de niño perpetuamente sorprendido; junto a la imagen, regresó de un pasado reciente una voz familiar que me decía: *En Felisberto Hernández todo se desenvuelve como una fisura de la consistencia de lo cotidiano, que aunque no extingue su lugar, sí disuelve la fuerza de su estabilidad.* La palabra "extingue" sumó otro recuerdo remoto, tallado por la persistencia de una ilustración contrapuesta a una terca borradura que trabaja a lo largo de un lapso indefinido: era un cromo de colores chillones en los que un hombre juega con una extraña caja en la que parece haber una serie de hojas superpuestas y que intenta leer a través de una luz amarilla y refulgente. Ya no puedo recordar el niño que yo era, ni tampoco recuerdo cómo se llamaba la caja asediada por un aura que amenazaba con escapar de la lámina; lo que ha quedado definitivamente instalado en mi memoria es el gesto mágico que entrelazaba la mirada del hombre y las manos rodeadas por el brillo.

Hebert me había comentado que iba a estar un par de noches solo; sin dudar lo llamé y, con una alegría que únicamente los amigos pueden pronunciar, dijo. «Ya salgo para allá, aguantá con paciencia, el pingo suele estar resentido del burro de arranque».

Acaso esta vez, el azar me jugaba a favor, Hebert era la persona indicada para comprender la encrucijada en la que me había entreverado.

Jugadas anteriores

Agosto había comenzado con una extraña simetría de dos desajustes notables dentro de la lenta procesión de los días enredados en actividades que se sobreimprimían unas sobre otras desapareciendo ante la trituración de la costumbre; empero, a la agitación siguieron una letanía de ondas concéntricas que amenazaban con diluir el impacto.

El teléfono de Gregorio en el Mercado de Pulgas sonaba interminablemente, supuse, con más voluntad que certezas, que habría salido a hacer alguna tasación con vistas a una compra o, como era usual, podría estar de gira por los pasillos, atraído por una de sus grandes pasiones, la conversación. Gregorio era una especie de *homo socialis* que se movía a sus anchas en determinados ambientes y, el Mercado estaba poblado de cófrades con los que compartía gran parte de su caleidoscopio componiendo y recomponiendo el mundo en interminables charlas, polémicas y disonancias.

Sin otra alternativa, ya que Gregorio se negaba, tenazmente, a ceder la voz a un contestador, decidí ir al Mercado con el albur de encontrarlo o, en su defecto, dejarle un recado, era la vía adecuada para llegar al ejemplar único de Miranda. Opté por el mediodía como un horario en que las probabilidades de verlo se potenciaban, al menos desde mi criterio; el puesto tenía la reja cerrada, el candado custodiando la puerta era un indicio de que no había llegado aún. Mientras escribía un mensaje de pocas líneas para avisarle de lo perentorio de mi consulta, un vecino me comentó que Gregorio no estaría por unos días; había ido Coronel Dorrego, su pueblo natal, un hermano estaba enfermo y debía ocuparse de atenderlo. A pesar de la contrariedad, terminé el mensaje y alcancé a acomodarlo sobre la mesa cercana a la reja.

Una molestia creciente fue perturbando mi inclinación a la soledad, al refugio de la oficina; la tentativa de avanzar sobre la búsqueda del libro de poemas de Miranda, debía reconocerlo, no había sido más que una ilusoria maniobra de distracción, lo que me alteraba realmente eran las cartas de Onetti y Kostia en una edición de *El pozo*.

Roberto Arlt, Juan Carlos Onetti y Matilde Zagalsky fueron estrictamente contemporáneos, para ser más preciso compartieron zonas del contacto en el espacio literario de Buenos Aires, por lo menos hasta los primeros años cuarenta. Los tres mencionan a Kostia con marcadas diferencias de extensión y profundidad por el tipo de relación establecida con él, los tres coinciden en señalarlo como un gran lector, lúcido y fino en sus interpretaciones; "Kostia es una de las personas que he conocido personalmente, hasta el límite de intimidad que él imponía, más inteligentes y sensibles en cuestión literaria." Dice Onetti en un prólogo a la obra de Arlt.

Más allá de los contrastes entre los contextos culturales y literarios en los que fueron elaborando sus proyectos, Onetti y Arlt, por una parte, y Zagalsky, por otra, es indudable que la existencia de un personaje marginal, que pudiera haber tenido una participación significativa en la producción de cualquiera de ellos, se amplifica, de manera sideral, ante la posibilidad de rescatar una correspondencia desconocida; la muestra que había hallado me alentaba en esa dirección. Si los biógrafos de Onetti y de Arlt, a pesar de su inquisición exhaustiva y maniática hasta por los detalles nimios apenas pudieron registrar en pinceladas de color la presencia de alguien que desde una posición poco visible había sido considerado por esos escritores —que no se caracterizaban por la generosidad a la hora de distribuir alabanzas– como un personaje de una estatura intelectual distintiva; por qué no imaginar que esa eventualidad se acrecentaba cuando al fijar la mirada en Kostia, que desde una posición poco visible pudo haber hecho una contribución importante a sus obras, y el rescate del intercambio epistolar, podría significar un aporte decisivo.

Mi especulación no apuntaba a conjeturar sobre la trascendencia de alguien que hubiese sido un compinche, en las averías arltlianas, por los bajos fondos de Buenos Aires cuando indagaba sobre temas para sus Aguafuertes, ni la de un allegado a Onetti, cuando fue director de las Bibliotecas de Montevideo y pasaban las charlas compartiendo silencio y opiniones, sino se centraba en un personaje que ha sido altamente valorado por la atención vigilante del círculo íntimo de los escritores, tan ocupados y diligentes en filtrar, seleccionar y ordenar las pruebas del trabajo creativo; mis suposiciones apuntaban a imaginar las formas de intervención importantes en el procesamiento de sus obras expandiendo lo que se sabía de él hasta el presente.

Hace años, con motivo de la aparición del cuento "Homenaje a Roberto Arlt" de Ricardo Piglia, el nombre de Kostia volvió a reaparecer, el personaje que encarnaba, en el relato, tenía una participación decisiva en la trama ficcional. En una entrevista Onetti expone las diferencias entre Kostia de Piglia y el que había conocido, sin ocultar una evidente molestia:

"Me asombra que en el mencionado reportaje aparezca un Kostia recitando anécdotas de Arlt a cambio de que le pagaran copas. Esta imagen no tiene punto de relación con el Kostia que yo conocía. Si trata del mismo, te ruego confirmarme esa increíble decadencia que a mí me resulta desconcertante si hablamos del mismo Kostia. El mío era una de las personas más inteligentes, más delicadas y con un olfato extraordinario en materia literaria. Mucho te agradecería cualquier aclaración al respecto, mi Kostia nada tiene que ver con el que asoma en el reportaje".

Poco después, el propio Piglia se preocupó por aclarar que el Kostia de su cuento no era Ítalo Constantini, y agregaba que lo había lo tratado como si fuera un personaje de ficción, especificando la diferencia. Fue un leve resplandor que se apagó con la misma energía con que se había encendido, a poco ese nombre regresó a las pobladas regiones del olvido.

El azar había puesto en mis manos lo que podía ser un descubrimiento de consecuencias relevantes para el conocimiento de un aspecto de Onetti que permanecía en las sombras, un diálogo epistolar con alguien a quien ponderaba como par, hasta considerarlo un adecuado receptor de sus proyectos en curso. Si seguía rumiando en torno de Kostia en Buenos Aires, solo podría confirmar lo que se sabía de él, difuso y borroneado.

Escasamente un instante duró el pasaje abrupto de un estatismo que no me aportaba más que digresiones sin salida, a un repentino impulso de ir a Maldonado para indagar sobre la presencia de Nicasio Gómez y las dos tarjetas que había conservado en aquel cuaderno *Rivadavia* junto al libro de Onetti. Sin dilación, me comuniqué con Herbert en Montevideo para consultarle si estaba disponible para acompañarme en la expedición: fui directo y sincero, necesitaba de su colaboración para moverme y también para que me allanara el camino en una ciudad donde había estado dos noches sin salir de un hotel en compañía de aquella tesista brasileña, que había huido del marido con la excusa de iniciar una compulsa bibliográfica en la Universidad de la República.

Hebert me esperaba a la salida del puerto, apoyado en su *Daewoo* celeste cielo, un modelo que debía tener más de diez años, que él trataba con el mismo cariño de un gaucho tiene por el caballo que ha sido su compañero por años. En sintonía con la idea de volver a tomar el último Buquebús de la noche, había preparado una hoja de ruta acorde, llegaríamos a Maldonado pasado el mediodía; mientras atravesábamos la Rambla, me distraía perdiendo la mirada por el río, que ese día no se parecía a una vasta planicie ondulada sino a una manada de potros embravecidos, las olas se encrespaban y chocaban con estrépito contra los murallones.

Habíamos hecho pocos kilómetros por la ruta cuando el cielo encapotado se deshizo atravesado por una sucesión de descargas eléctricas y enmarcadas por el sonido ensordecedor de los truenos; sobre la extensión gris se desplegaban complicados arabescos de los resplandores con deslumbrante caducidad que eran inmediatamente suplantados por refulgencias. Hebert me palmeó el brazo y con serenidad, dijo «Este pingo nunca me ha dejado a pie», confirmando la intuición con que había pensado ese vínculo; no hablaba de una máquina, lo trasformaba en un compadre.

Con diligencia, había diagramado una visita a Rufino, un librero amigo, que regenteaba el Espacio Camangá, una suerte de complejo cultural donde, además de vender libros, se hacían recitales y mesas redondas; iba a ser una cabeza de playa; Rufino, oriundo de Maldonado podría orientarnos acerca de los titulares de las tarjetas, aunque era posible que, siendo contemporáneos del exilio de Nicasio Gómez, la cronología jugara en contra.

El aguacero nos obligaba a aminorar la marcha, Hebert tenía la maestría de la heterodoxia, podía superar las restricciones de la variación heteróclita, tras haber revisado controversias en torno de la teoría literaria mencionando a Ángel Rama, Emil Volek y Julia Kristeva, como si fueran compañeros de promoción de la escuela secundaria, se internaba en la disertación sobre las batallas ganadas por los héroes epónimos del club Peñarol, a los que nombraba invariablemente acentuando la voz al mencionar sus apodos; Gonçalves era antecedido por un resonante "Tito" y Abbadie por el "Pardo"; el que quedaba apartado por la admiración que le profesaba era Rocha, del que hablaba prolongando el segundo nombre, Pedro Virgilio, sin otro aditamento; en cambio, cuando se internó en los detalles de las internas del Frente Amplio, reciente ganador de las elecciones presidenciales, su enjundia se encendía sumando a sus palabras un frenético golpeteo sobre el volante; Mujica, a la sazón nombrado como "Pepe", lo sacaba de las casillas, las críticas eran feroces, a pesar de haberlo votado para evitar que los fascistas de derecha gobernaran el Uruguay.

Rufino, con el termo bajo el brazo, vino hacia nosotros ni bien nos asomamos a la librería, tenía con Hebert una comunidad de afectos que no se manifestó en efusiones descontroladas, un apretón de manos y un abrazo al pasar; de acuerdo con lo que le había anticipado a mi cicerone fuimos directamente al objeto de nuestra presencia. Tras un breve pausa, dijo que Wilmar Andrade, había sido un médico con mucho prestigio, fallecido en los sesenta, de su familia no quedaban rastros, se debieron haber ido, pero no tenía más que comentar. Sobre Hermes Carranza, por el contrario, la cuestión era distinta, había sido un acreditado librero en los años en los que el tal Nicasio Gómez se exilió en Maldonado; ya en los noventa, decidió cerrar el negocio y liquidar las existencias. Zacarías, el hijo, desde esa época, se había limitado a una vida de claustro en estricta soledad y con escasos lazos con el exterior, uno de ellos era, casualmente, Rufino, que se dispuso a acompañarnos para facilitar el encuentro.

Un llamado previo había puesto a Zacarías Carranza al corriente de los motivos de la entrevista que llevaríamos a cabo. La sala en la que nos recibió era amplia, nos invitó a sentarnos enfrente de un gran ventanal que daba a una de las calles cercanas a la plaza. Era bajo y debió ser fornido en otra época, el rostro era similar a esos mapas en los que se trazan las innumerables corrientes de un río, sin embargo a pesar de las arrugas, la piel tenía una particular frescura y el cabello blanco mantenía un esplendor de juventud.

Después de cruzar airosamente las fintas insoslayables de la cortesía y, al tanto de mis preocupaciones, comenzó a hablar pausadamente, con frecuencia los ojos se desviaban hacia puntos de fuga indescifrables para los que lo escuchábamos; yo intuía que se orientaban no a una dimensión espacial, situada en algún rincón en un aquí y ahora, sino hacia su pasado, con el objetivo de revisar escenas que quizás lo atropellaran o quizás se diluyeran en el polvo inasible de los resquicios en los que suele residir la consistencia de lo ya vivido.

«Estoy convencido que cualquier intento de describir adecuadamente cómo era la vida en Maldonado, a finales de los años cuarenta está destinada a convertirse en una mascarada deslucida. Sería un desfile de convenciones que no aportaría un dato relevante respecto a lo que tratábamos de dilucidar. Desechando ese capítulo introductorio, lo que vaya desenterrando de mi memoria serán los recuerdos de un adolescente, es decir alguien que empezaba a aprender lecciones rápidas de escepticismo sin perder la capacidad de admiración y de asombro frente a lo que perturbaba las alternativas de la vida pueblerina; eso, precisamente, fue la aparición de Nicasio Gómez en aquellos años.

En primer lugar, al aura heroica del exilio se sumaba a que había llegado de la mano de Julio Adín, un personaje de ribetes folletinescos, vinculado a ambientes intelectuales de Buenos Aires y con estrechas relaciones con los más reputados contrabandistas de la zona. A diferencia de otros tipos de delincuentes, a los contrabandistas se los sitúa en el plano de la aventura, confrontan y eluden las barreras que imponen los estados y más en esos años que no facilitaban el tránsito de los que escapaban de la represión política en la otra orilla, también cargaban los galardones de haber suministrado servicios para posibilitar la llegada de los que antes habían huido de las garras del nazismo. Julio además, era ferviente militante político de la izquierda o sea, para mi padre reunía suficientes virtudes como para ser considerado con inigualable estima.

Julio Adín trajo a la librería a Nicasio Gómez, que pronto se convirtió en un habitué de las tertulias que se organizaban para discutir de arte y literatura. Era un hombre de vasta cultura, asombraba con citas y menciones ajustadas a una bibliografía que, en general, desbordaba el conocimiento de los demás asistentes; sin embargo, nunca se deslizaba a la arrogancia, antes bien solía solazarse con la celebración tanto de las coincidencias como de los contrastes con los demás concurrentes. Yo me mantenía en un segundo plano y estaba atento a las palabras de aquel hombre alto que hablaba con serenidad, sin interpelaciones y digresiones.

Su estatura creció enormemente, cuando nos enteramos que la mujer de espléndida cabellera roja, con un cuerpo que parecía cincelado por un artista del Renacimiento, venida desde Buenos Aires y, con quien pasaba días y noches sin salir de su habitación, era su esposa; aquella pasión vigorosa revistió a Nicasio Gómez de un aliento inigualable.

Yo era un muchacho pueblerino que leía con afán los clásicos siguiendo las sugerencias de mi padre y que tenía al cine como la única fisura por donde se filtraba el mundo más allá de los escenarios de esta ciudad. Y por un golpe de suerte, con la fortuna de tener cerca de mí a quienes conjugaban los rasgos que admiraba, tarde a tarde frente a la pantalla. Era como si Julio Adín fuera una encarnación de Rick Blaine y Nicolás de Víctor Laszlo pero, en la realidad de Maldonado en aquel entonces eran amigos y la mujer no era la aséptica y siempre al borde de las lágrimas Ilsa Lund, sino una combinación de los roles con que Rita Hayword me había deslumbrado.

El doctor Wilmar Andrade era, en esos años, una eminencia en su especialidad, desde Montevideo y otras ciudades del interior venían a sus consultas; Nicasio lo frecuentaba porque padecía de miopía progresiva, que Wilmar atendió hasta darle una solución, después, el porteño lo llamaba "el mago" con afecto y admiración. No me quedan noticias de los Cabrera, tras su muerte, los familiares se fueron a Montevideo y nunca supe nada de ellos.

Por el contrario, puedo decir con convencimiento que esa edición de *El pozo* nunca pasó por las manos de mi padre ni por esta librería; a cada volumen que entraba, antes de ser inventariado, se le ponía nuestro exlibris, discretamente, en el interior de la última página, usábamos un adhesivo indeleble para evitar que lo sacaran, por eso, después de revisarlo, se lo confirmo.

Asimismo, creo que usted, Cáceres, debería indagar por el lado de Julio Adín que fue uno de los amigos más íntimos de Onetti en Buenos Aires y, de acuerdo con lo que me dice, el tal Kostia formaba parte de ese círculo, por lo tanto no es aventurado pensar que haya sido por Adín que llegó ese libro a Gómez.

Por último, exprimiendo mi pasado, se me ocurre tirar otra punta, en ese período se afincó en Maldonado Wilfredo

Cardozo, un moreno de Salto, un hombrón alto y musculoso con buena estampa. De un día para otro se escabulló, varias veces oí a mi padre referir que Julio lo había llevado a Buenos Aires y le había conseguido un conchabo como portero en un cabaret famoso, el *Marabú*. Como Julio Adín falleció hace unos años, por ahí puede intentar averiguar algo si es que Wilfredo vive, pero es menos que un grano de arena en una playa».

En las cuadras que hicimos en el regreso al Espacio Camangá, me reprochaba haber dejado de lado la indagación tras la pista de Julio Adín que había sido notoriamente más conocido que Kostia. La corazonada de Carranza en torno del moreno de Salto, era apenas un tenue titilar; inmerso en esas digresiones y rodeos me había apartado pensando que tenían una charla personal, pero me equivoqué. El motivo por el que se acercaron abrió una compuerta que arrasó con muchas de mis convicciones.

Rufino había recibido, en parte de pago de un colega de la Feria Tristán Narvaja, un lote de los tres primeros libros de Alejandra Pizarnik; luego de detenerse en los pormenores de la transacción, me los ofrecía ya que en Maldonado no había compradores de esa clase de textos, no por su contenido sino que al ser primeras ediciones, el precio estaba muy por encima de los montos habituales. Tardé en reaccionar, el impacto había sido severo, repentinamente se asomaron las imágenes y las palabras de aquella mujer a la que había escuchado con desgano, ocupado como estaba en examinar el obsequio de Sarkis, unas gafas del siglo XIX. Por un extraño artilugio de la memoria, recordé nítidamente que había guardado dentro del estuche el cuadradito de papel con sus datos. Al comenzar a hojear los libros con nerviosismo observé en el reverso de la portadilla de *La tierra más ajena,* una huella de sangre, era una parte de un pulgar. A continuación, me manejé con automatismos, cuando dijo el precio lo acepté, era más que razonable pero, básicamente cualquiera hubiera sido el valor igual iba a adquirirlo. Le pagué en efectivo un adelanto y me comprometí a girar la diferencia apenas llegara a Buenos Aires.

La tormenta volvió a descargar su cólera cuando estábamos a unas cuadras del puerto, Hebert amablemente se despidió justificando mi mutismo durante el trayecto por los escasos resultados de mi tentativa.

Los límites de la escritura

La jibarización de la vida enclaustrada en las notas mediante la puesta en continuidad de alambiques formales me situaba en la certeza de retener elementos que veía de frente y, otros que se ocultaban detrás de arbustos. Contrariamente a lo esperado, los obstáculos me otorgaban cierta precisión y profundidad para construir el punto de vista desde el cual podría extender su consistencia, con el convencimiento de que nada decisivo escapaba al cedazo de mi escritura.

Desde el principio, daba por hecho el dominio del que contemplaba por sobre el que intervenía. Era un aspecto policial de mi escritura, el matiz encubierto, aun cuando el registro en la libreta fuera una recolección de indicios nunca podría equiparase con la multiplicidad de los actos de eso que se suele nombrar como la vida. Entonces, el primer postulado de mi digresión se concentraba en una sensación general y la primera verdad: el que escribía hace menos que el que vive, se conforma con esa asimetría que lo justifica.

Referida esa generalidad, las particularidades de lo que iba rastreando podrían enumerarse dándoles a cada una de ellas la ponderación de la síntesis, en otras palabras, una cifra del acorralamiento de la desviación poética: frases breves, incluso palabras sueltas articuladas con flechas y llaves, pretensiones de entrelazar la información con la ironía. Me había asumido como un baqueano curtido a la hora de detectar, en cada nota, lo que anida para expandirla luego en un relato que atrape acciones, escenarios y personajes; en los ejercicios posteriores he dispuesto las proporciones de "yo" que se mezclan con las novelas de los otros, mientras trataba de no dejarme invadir por las lenguas prestigiosas de la cultura, sin eludirlas, distorsionándolas con alguna frasecita ordinaria.

En pocas palabras, mi tentativa era asumir la tarea de escribir respetando el punto de partida de un minucioso recolector especializado en cuestiones humanas, acostumbrado a moverme con sagacidad, evitando o suspendiendo el juicio sobre los acontecimientos que suscitaban mi vigilancia.

La huella en el libro de Alejandra Pizarnik puso en crisis esa cartografía y toda la parafernalia que la había sostenido, convirtiendo mis notas en figuras de hormigón.

El repaso urgente de la libreta me arrojaba a la intemperie de la precariedad: entre los avatares de la búsqueda del ejemplar de Eduardo Miranda y el hallazgo de la correspondencia entre Onetti y Kostia en una primera edición de *El pozo,* solo había resquicios para insistir en la fascinación por la música de John Coltrane, los diálogos con Julio y los negocios compartidos con Sarkis. De aquella mujer que apareció intempestiva en medio de nuestra conversación, no había nada, un denso vacío que comprometía el conjunto de eso que se deslizaba entre las manos y mi mirada. No había advertido esa señal, ni siquiera mi estrabismo me había salvado de esa ceguera.

La indiferencia con que oí el relato, quizás tomando distancia de su exaltación que me resaltaba grandilocuente; quizás la sorpresa por aquellas gafas del siglo XIX que mi socio ocasional, y perpetuo, me había obsequiado; me limité a cerrarme sobre mí mismo, sin emitir palabra, con talante próximo a un perdonavidas que hacía la vista gorda a lo que oía, mientras, amasaba hasta la uniformidad los eventos vinculados a los próximos pasos de las cuestiones que me interesaban, molesto por aquel estorbo que se prolongaba demasiado.

El vacío me confrontaba con la ligereza de sentirme un maestro que descarta, por disparatado, un relato, arrogándome una ilusión de superioridad de la que, sin embargo, intentaba desentenderme. A pesar de que era una interlocutora tan tenaz que, para contar su historia y enhebrarla con argumentos enfáticos, procuraba una cercanía de rostros más propia de la intención de un beso o de un secreto.

Lo que podía ver agitarse debajo de las aguas del desencuentro era la fricción no solo entre escritura y vida, sino también y, sobre todo, entre pasado y memoria, que hubiera suprimido o, al menos relativizado, un episodio solo lo creí descartable, no hacía más que subrayar con consumada indiferencia, que esta vez me había jugado una mala pasada.

La rueda daba la vuelta completa y centrifugaba dos poses irreconciliables allí donde pensaba que había un criterio sólido para rescatar episodios del naufragio inevitable del olvido.

Los tiempos habitan los lugares, en ellos es posible notar los cambios causados por el tiempo, y hacerlo significativo en cuanto se visibilizan y dejan su marca.

En un espacio sin tiempo, en donde solo había momentos recobrados por la memoria que volvían cuando menos se los espera e involucraban a los demás, tiempos en un instante de clarividencia que me hacía ver las cosas de otra manera: guardando una relación no evidente con todo; lo que prevalecía en ese espacio, lo que era de cierta forma inamovible, era un yo que observaba el mundo, en un continuo viaje en busca de mí mismo, para creerme otro dentro de mi memoria y dentro de mis palabras que trastornaba la realidad de parte de una narración. El camino para buscarme y mirar, de ver de esa manera, era asumir lo que había sido imperceptible en mis notas. De ese modo, la reescritura de mis apuntes perturbados por la irrupción del territorio oculto que la huella de sangre había puesto en evidencia, la podría pensar como el laboratorio de un alquimista donde se combinan recuerdos, lecturas, escrituras pasadas, escritura de otros, reflexiones, dudas; para seguir descubriendo el misterio que representa la existencia para mí mismo. En esa ardua regresión hacia adelante como narrador debo revisar, cuando creía ir en pos de un tema y daba con otro. De ahí el salto meridiano, la transformación del recuerdo en una materia distinta, un terreno donde el actor de reparto se transformaba al recordarse; me sometía a aceptar los vaivenes de la memoria revelaban que quien repasaba los sucesos no era el mismo que los había vivido sin registrarlos, y quien relee no era el mismo que los había ignorado. De esta tenue variación depende el salto, el vuelo del salto meridiano.

Más allá de las notas

La tormenta de Santa Rosa, con una constancia inexplicable seguía azotando el río más ancho del mundo. Un malestar creciente me asediaba, mientras Hebert llegaba desde La Aguada hasta el puerto; había comenzado a desertar de la candorosa isla en la que me refugiaba con comodidad, presionado por emprender un viaje, no solo a la reescritura, sino a sondear en el vasto mar de lo que me había atravesado sin que lo notara.

La idea de establecer a una biblioteca como cifra imaginaria de la memoria no había sido azarosa sino el producto de la insistencia en equiparar sucesos y citas, de ahí, que me haya resultado viable glosar a E. M. Forster en su afirmación de que en el interior de cada novela hay un reloj, como en el interior de una música, o de una película, podría agregar sin interferencias. La novela, la película, diseminan marcadores sutiles de tiempo y de ritmo, como una partitura. Pero, de igual manera que en la partitura, esas señales no suponen univocidad, habilitan la ceguera o la destreza del intérprete para innumerables variantes de sentido, lo que he ido reteniendo en las páginas de mi libreta; notas de un programa pautado a priori, dispuestas y preparadas para la expansión, donde sucedería la continuidad de la narración estableciendo un diálogo silencioso y alerta entre el núcleo de la condensación y el desarrollo de acciones encriptadas en cada nota.

He intentado desautomatizar el acto de leer para despojarlo de las improntas instintivas que lo suelen enmarcar, las anotaciones se presentaban como signos de un código abstracto y me exigían un esfuerzo que excediera la actitud pasiva de espectador, a cambio de un ejercicio de interpretación tan sofisticado como el de un músico que toca una partitura, en la que se han borrado las acotaciones para adecuarla a la ejecución. El desafío que debía emprender consistía en articular en las imágenes, detalles o ideas lo que hubiera omitido y, consecuentemente, no iba a ser plasmado en la páginas, al menos todavía, podría ser recuperado en la imaginación. Al volver con otra exigencia a revisar mi libreta, me hacía cargo del contraste entre la precisión de algunos recuerdos y el sucinto vacío de otros sucesos que había dejado pasar. El impacto de la relectura, junto con la reverberación de la huella que atraía una secuencia que desvirtuaba la ilación del pasado, fue todavía más poderosa; en el intervalo se había, inevitablemente, perturbado la experiencia del paso del tiempo. Ensayaba las expansiones hasta abarcar el tránsito de la plenitud al declive de la memoria en mi imaginación, no en las páginas. Consideraba que algo de ese tiempo interior dilatado que había sido omitido me provocaba la sensación de fortaleza herida y de mirada atónita acentuada por mi estrabismo.

En las notas, como en la fotografía, el tiempo queda en suspenso. La novela, la música, el cine consisten en recrear el fluir del tiempo. Un relato se nutre de musicalidad no porque sea enfática o sonora, sino por los pasajes de una palabra a otra y de una frase a otra como un caudal a veces constante y a veces entrecortado, o demorado, o encrespado, componen una figuración de la fluidez.

Si hay una única regla previa que no he trasgredido es la convicción de que, nada en su plenitud es comunicable por el arte de la escritura. Y con esa sentencia he instaurado la duda en el propio discurso del yo que escribe, en las palabras y en la posibilidad de referencialidad de éstas, que en realidad es para lo que sirven las palabras: para referir el mundo. Si nada en su plenitud es comunicable por la escritura, cuando me he internado en estas tentativas me he asumido como un espejismo o una ilusión ficticia, de manera que cualquier intento o deseo coherente de representar y afirmar mi existencia problemática sería solamente posible en un campo lindante de la ficción.

Situado tras los ventanales salpicados por la furia de la lluvia, rodeado pero ausente a las demandas de los pasajeros preocupados por distinguir los buses que los llevarían a los alojamientos de aquella noche, me desplazaba a otro territorio, también atravesado por la prisa y velocidad provocados por la preocupación de lo inesperado, por la imagen de esa huella impresa en una primera edición de un libro de poemas de Pizarnik publicado en 1956, por su intrusión en la llanura con pocos desniveles de mi escritura estremecida por un destello incisivo que ha llegado de golpe y desbaratando cualquier proyección que no contemplase su incidencia. Me reprochaba la prisa de escribir rápido sin detenerme a corregir, recostado en la seguridad de un hábito fundado en la costumbre y la de leer sin sosiego para llegar cuanto antes a la próxima página en blanco. Me imponía la necesidad de recomponer las pérdidas de ese vértigo con la lenta paciencia del aprendizaje y, del tanteo propios de la rememoración y, de la simple espera de que brotase la chispa de algo en la imaginación para recomponer las variaciones que imponía ese desorden. Y superado el trance de la precipitación, la de abrirse paso la lentitud de un progreso tan gradual que tuviera algo de sequedad, y la de asumir la constancia de un reposo, y luego volver para revisarlo sin urgencia, para corregir y tachar, para reescribir lo inconsistente y lo confuso. Ese moroso escarceo no implicaba solamente una autocrítica confesional, sino que era la secreta seguridad de que tras la revelación se escondían significaciones ocultas que podría descubrir regresando a ella otra vez, otras veces, al día siguiente o al cabo del lapso que fuera.

Hay vasos comunicantes entre mis notas y las visiones estéticas que he asumido como propias aunque en la realización no alcance los resultados pretendidos.

En especial, en la búsqueda de una suerte de deformación grotesca que la propia realidad genera en las personas a través de un espejo cóncavo, devolviéndolas al mundo como réplicas, en este caso, personajes fragmentarios y deformados. Paralelamente, he intentado en el pasaje de mis notas a relato una respuesta personal a mi duda indisoluble sobre el significado de verdad.

El rastro de sangre puso en cuestión algunos de esos vasos comunicantes entre vida y escritura que no se relacionaron entre sí, de acuerdo con presupuestos que los sostenían.

Esa disposición puesta en crisis ya no implicaba que una etapa estuviera clausurada en sí misma o, que sus límites sea tajantes; al contrario, existía un contacto entre una y otra etapa que estaba cifrado, precisamente, en que dentro de las expectativas previas había una reflexión constante sobre los límites de lo real que se había quebrado, poniendo a prueba los límites de las diferentes fases de mi escritura y, como esos límites, quedaron desbordados. Si en el mundo, al que trata de aludir mi escritura, todo tiene cabida, todo es aceptable en cuanto se somete a mi mirada estrábica, ese todo inasible en sí mismo y rescatado por la fragmentación, en algún momento, pueda entrar en el interminable diálogo para conformar la identidad del sujeto que otea, mientras, trata como un consumado voyeur mantenerse en el anonimato, para no marcar la escritura con la deriva de su presencia.

La escritura de las notas ha sido la primera tentativa para habilitar la imaginación novelesca; ha sido la recreación del repertorio de poses entre las cuales, al observar fantaseando, he quedado en libertad de flotar, de pasar de una pose a otra.

En la librería de Maldonado cuando Rufino me mostró aquella primera edición del libro de Pizarnik y, con respingo alucinado descubrí la huella de sangre, me hice cargo de esas poses de sujeto múltiples y dispersas, debían distinguirse del vacío como hacedor de la nada. El que había escrito las notas se había servido de ese sustento para poder hallar un campo de variantes de él mismo en su realidad. El dilema al que iba a enfrentarme era integrar ese vacío que atravesaba la conformación de las cambiantes poses para comprender la entidad que las distingue y altera al entrar en relación con ese vacío. En el centro del dilema estaba una forma radical de cuestionamiento sobre el deseo inscripto en el acto raigal de escribir irreductible a interrogante «¿qué quiero?», sino « ¿qué quieren los otros de mí?», «¿cómo me leerán? »

Estaba en la misma situación de quien ha sido asaltado por la incertidumbre provocada por la impresión de que en la habitación contigua hay sectores donde se oyen voces extrañas. Revisando al azar los restos de las novelas que se han publicado, bajo el nombre sutil de un garante apócrifo, llegué a la conclusión que estaban saturadas de especulaciones íntimas, uno de los rasgos más peculiares de ese procedimiento de introspección, en esas novelas, ha sido que no ocurren en soledad; el narrador se buscaba a sí mismo sólo en la medida en que implicaba a los otros.

Reunión

Hebert pasó de la hiperactividad, con que había encarado el traslado desde el puerto y el arribo a su casa en medio de un aguacero impiadoso, a una parsimonia similar a la cámara lenta. Para cambiar de ritmo, debió haber aprovechado la ceremonia con la que nos secamos hasta el gesto deliberado de complicidad al servir generosamente los vasos de whisky y acercar el recipiente con hielos; rematando esa concatenación con una frase distintiva: «El whisky conduce a la felicidad». Cuando la escena estuvo preparada, para que lo pusiera al tanto de mis disyuntivas, me dispuse a relatarle hasta los más mínimos pormenores, al menos los que no se escapaban a mi memoria. A medida que progresaba en la narración, Hebert mutado en atento escucha, y sumiendo deformación profesional, tomaba apuntes en su agenda. Cuando arribé al punto en que se juntaban el pasado con ese presente que compartíamos, tras una breve pausa, fue hilando sus acotaciones.

« Lo que hablamos no es de la vida sino de los modos en que se pretende atrapar vivencias, acontecimientos, acciones en el entramado narrativo, o sea que no voy a opinar sobre cuestiones de orden psicológico sino que me voy a referir a que tus preocupaciones son de orden literario: cómo afecta a tu novela en curso la emergencia de un episodio que habías relegado no al olvido sino a la dimensión de lo irrelevante y, que súbitamente, reaparece con la potencia de lo insólito para comprometer el proyecto en marcha.

En primera instancia, y de modo general, he tomado lo insólito como el nombre del efecto que resulta de un tipo de acontecimiento que produce una interferencia que, en circunstancias, se experimenta como inusual. Esta puede describirse como la introducción de un fenómeno nuevo, imprevisto y transformador en un contexto dado de predicciones. Es decir, que lo insólito emerge como consecuencia de la yuxtaposición imprevista de elementos o procesos disímiles que, de un modo u otro, entablan una repelencia mutua, como sería el caso de la huella de sangre en la portadilla del libro de Pizarnik.

En diversas manifestaciones, dentro del mundo posible de las ficciones literarias, lo insólito es una interrupción que fisura la solidez de un *continuum* que, por lo general, está asociado a una idea de realidad desprendida de códigos literarios realistas históricamente situados. Sin embargo, esto no debería verse exclusivamente así, ya que si pensamos, por ejemplo, la irrupción de "lo realista", por llamarlo de alguna manera, tendría la capacidad de devenir en acontecimiento insólito. Es decir que lo insólito es mucho más una disfunción ante un conjunto que una estructura de rasgos distintivos inequívocos: una perturbación que confronta con determinada organicidad. Aludo al estado actual de los relatos que recogen tus notas y que son desequilibrados por la irrupción de lo insólito.

Por supuesto que, acerca de estos asuntos me he ocupado no de manera muy original, digámoslo con sinceridad, de marcar una inocultable crítica del realismo ingenuo, instalando la idea de que trata sobre una convención y, no de un modo natural de la representación; aquí llego a uno de los puntos nodales de mi exposición, creo que es el asunto que desequilibra e impide la continuidad de tu escritura. Desde esa perspectiva, "la representación realista no depende, en una palabra, de la imitación, la ilusión, o la información, sino de la inculcación", ya que "el realismo es cuestión de hábito" y no escapa a la idea del "sistema de representación", pues el hecho de que un cuadro "se asemeje a la naturaleza significa a menudo que se parece a la manera como suele pintarse la naturaleza". En consecuencia, a partir de ese concepto relevante, que si bien atañe al arte, afecta especialmente a las ilusiones de la semejanza realista: "el estatuto de representación es relativo al sistema simbólico" y no a alguna clase de apriorismo de la analogía. Como fuere, por más que se posea conciencia crítica de que el realismo es la consecuencia de una convención histórica y de ninguna manera una expresión o un espejo de la naturaleza, funciona, pese a toda sospecha y por diversos motivos ideológicos, como modelo hegemónico.

No se puede sostener fácilmente que lo insólito se constituya en una categoría, esta especulación, algo entreverada, se me impone porque lo insólito, la aparición de la huella de sangre, es el producto de una falencia del narrador, por lo tanto, queda dentro de la esfera del realismo y es la dirección que te sugiero retomes en el curso de la narración. Lo insólito atraviesa otras categorías sin reducirse a la exclusividad cabe entenderlo como un acontecimiento capaz de emerger alrededor de distintas categorías posibles. Si bien existen otras acepciones, quiero entender lo insólito como un rasgo anómalo y en forma antinómico respecto de un proceso. Y este es el asunto principal: qué hace y cómo resulta lo insólito en tanto fenómeno que ocurre dentro de una mimesis en curso, en la que se intercepta, como una suerte de "rasgo distintivo" de algo que admitimos como lo extraño como fenómeno que participa diferentemente de ese estatuto. Es decir, como amenaza de un código o como constitución de un código que, en sí mismo, pueda representar la amenaza de un orden.

Como fuere, uno y otro proveen conceptos importantes sobre lo insólito, particularmente en el sentido del destronamiento de un estado de cosas que por lo pronto coincide con las poéticas del realismo-naturalismo. Es decir, que lo insólito termina por convertirse en un incontrovertible o de su constelación más inmediata. Queremos pensar las cosas de una manera algo distinta, ya que observamos que esta instancia atraviesa poéticas diversas, incluidas, naturalmente, las de los realismos. No estará de más repetir que, por una parte, debemos aceptamos que la disposición de la trama de tu narración depende de lo insólito, y que en cierta medida pueden darse los modos a partir de los cuales podés asegurar la continuidad de la intriga; en ese orden de cosas deberías hacerte cargo de esa inquietante inflexión de apertura que, como queda dicho, afecta a órdenes miméticos en que se desplegaba tu relato.

Me importa considerar de qué modo lo insólito del acontecimiento no se relaciona con una posibilidad irrealista, sino con un modo del realismo capaz de ofrecer una lente distorsionadora y, a la vez, acusadora de las convenciones dominantes que lo fundan hasta esa emergencia, incluido el sentido de estabilidad social de la representación. Trata sobre que ajustes una lente para elaborar un campo tan restringido que el acontecimiento insólito comparezca en el curso de tu narración sin perder la fuerza de su extrañeza mientras se articula con las otras series. Me extiendo sobre la caracterización de la representación realista, tus narraciones están atravesadas por la insistencia sobre la instancia de escritura que asume la representación antes como un producto de convenciones que como un reflejo condicionado.

La huella no debería enviar tu relato a un origen, toda huella es una repetición, una cita, tendrías que imaginar cómo recomponer tu relato, asumiendo que la irrupción insólita de esa cita exigirá disponer la rescritura de la trama en un orden en que la repetición inherente a toda cita desaloja la cronología como un régimen dominante.

Mi deformación profesional, esa mochila insoslayable justifica mi despliegue teórico; para finalizar, supongo que ya te imaginarás cuál ha de ser mi sugerencia: reescribir, desandar la trama y recomponer la narración.»

Una poética posible

Escribir es la manera más profunda de leer la vida.
Francisco Umbral

A la manera de

No estaba tan alejado de la poética que se desprendía de las palabras de Hebert, el eje sugería la imposibilidad de concebir mi tarea de novelar desde la experiencia personal, una visión, un recuerdo de un pasado remoto o una vivencia inmediata, un tono de voz capturado en algún viaje en el que un pasajero parece confesarse al escritor cuando en realidad conversa con otra persona en cercanía, un gesto subrepticio entrevisto al azar para luego incorporarlos a uno o a varios personajes. La fractura entre mis notas y el relato de aquella mujer no ponía en crisis el modo en que había ido concibiendo el pasaje entre vida y escritura con las notas como punto de contacto, era un desafío que suponía incorporar un trastorno.

El narrador remueve más y más en su vida a medida que su relato avanza. No trata sobre un ejercicio meramente autobiográfico, hay un exceso ya en suponer que la narración retiene la vida; novelar a secas la propia vida resulta una limitación, un deterioro de las potencialidad de la imaginación. El desajuste implicaba la exigencia de rescatar sin tregua en los pliegues de la memoria para llegar a componer una prótesis múltiple en el interior del relato, qué otra cosa que prótesis en marcha habían sido, hasta ese momento, mis novelizaciones.

Cuando me deslicé, al escribir de mí mismo, al principio sin un objetivo preciso, empecé a verme como si fuera otro, en caso favorecido por el hábito de estrábico, me trataba como si fuera otro: me alejaba en la medida que me narraba como alguien al margen. Fui encarnado como vivencia el dictamen que cito con convicción: ser escritor consiste convertirse en otro. El intento de ser escritor ha sido, para mí, personificar un extraño, un extranjero, traduciéndome desde una lengua a las convenciones de los relatos. El apellido materno, el que portaba mi tío Pedro Smuggler, acaso haya sido una señal del destino, en la novela se narra un modo de suplantación de una identidad aparente, en cada una de mis novelas escribir fue hacerse pasar por otro, al ser autorizadas por Roberto Ferro esa operación se consumaba desde la tapa misma de cada volumen.

No era la vida tal como la había transitado lo que escribía, eran las notas a partir de las que retenía en la mayoría de los episodios lo que quedaba por encima de la líneas de flotación, lo que dio forma a la figura del yo en cada texto; la vida no antecede el sentido del yo de las novelas, sino la condensación de las peripecias vividas en notas acumulas en una libreta negra la que generaba la identidad del yo.

Ni siquiera la imagen especular podría ser pensada como un calco del uno, puesto que entre lo reflejante y lo reflejado, entre un primero y un segundo, se interpondrá un tercero, una superficie azogada o, en términos generales, un lenguaje que transforma más que reproducir, altera –vuelve otro– más que copia.

Con esas notas me proponía restituir o atrapar fragmentos de episodios en los que se ponía de manifiesto una lucha constante por ofrecer la imagen de sí mismo como un actor de reparto. Desde el inicio, no podría situarlo en un momento, en el comenzar de cara a la narración he creído emprender un proceso de salvación personal, frente a los otros y también frente a mí, la restitución del pasado como modo de conjurar la fugacidad y restaurar un minúsculo territorio de la vida perdida, como postergación de la muerte, en la trama de postulación falaz, como figurada, de un sentido que construye la significación narrativa y depende de ella.

De la extensa conversación con Hebert retomaba algunos pasajes, no porque fueran originales sino que exponían, con nitidez, los dilemas que asediaban el curso de mis relatos; en síntesis más allá del mundo del otro, de algún modo más allá o más acá del mundo no percibido. Al centrar mi mirada, al decirlo como estrábico sonaba irónico. El narrador de esas novelas se asumía único responsable, encargado de componer tanto al otro como a su mundo, sin embargo, deambulaba por los acontecimientos sin el suelo de un mundo, como sin tierra, más acá del fin del mundo.

Es una vida revelada como un claroscuro que, paradójicamente, tiene más partes detrás del velo, que implica el vacío de no decirlas, que de lo que se devela entre sus palabras

De pronto, al azar, desprendida de la nada, o lo que he concebido como "nada", la memoria logra rescatar una imagen inesperada, solitaria, desconectada del presente, también del entorno que le debía ser habitual: su tiempo, su lugar, su impredecible historia, a la cual, por indolencia, por desinterés, por el desgaste de la persistencia de los días sólo me era posible iluminar brevemente unos pocos instantes para volver después al caos primigenio de donde había surgido. Un rescoldo que repentinamente ha ido propagando la ramificación de su potencialidad poniendo a prueba el equilibrio de las formaciones que lo habían sofocado.

En la aparición de esas visiones no hay orden cronológico ni de ninguna otra especie; al menos, no encuentro los hilos que pudieran comunicarlas. Sobre todo pasan ante mí con rapidez vertiginosa. Aparezco con familiares, con amigos, en medio de la multitud. La cronología parece haber saldo de cauce, como ha labrado ya el bueno de don Guillermo. Una imagen puede ser de apenas hace unos días, a continuación se sobreimprime otra de treinta años atrás, para luego dar un salto hacia adelante hasta caer en las redes del presente. Me acerco y me alejo, de acuerdo con el enfoque que las gafas de Sarkis me lo permiten, en el tiempo sin el menor sentido. Me veo niño, adolescente, adulto mayor, alumno de primaria, estudiante en la Facultad de Filosofía, voyeur obstinado, pasante de la Biblioteca de Florencia, examinando un libro cuyo título no puedo descifrar, lo cubren mis manos; me veo en Bahía Blanca, en Chivilcoy, en Santa Fe, en lugares que ni siquiera logro identificar. Me parece ver a montones de personas rodeándome, una multitud de gente desconocida o que no recuerdo, maniquíes o muñecos parlantes que pasan por la calle donde camino, que come en el mismo restaurante donde estoy comiendo, que van en un tren distraídos por las escenas que se deslizan por las ventanillas. Asumiendo que estaba en trance, me asombraba de que pocas de esas imágenes aludieran a un momento relevante de mi vida. O sería que mi estrabismo congénito me ha atrofiado el enfoque para distinguir lo relevante de aquello que será relegado al desván de las cosas ignoradas hasta descubrir tardíamente mi error, como ha sido con el relato de aquella mujer.

Yo persigo una forma

Era una de esas noches heladas de principios de agosto
en Buenos Aires, cuando hace tanto frío que el asfalto
asume como propio el reflejo opaco de la escarcha,
haciendo que las escenas de un pasado lejano, casi en los
bordes primeros de la infancia, se superpusieran con
temblores que me subían desde los tobillos.

No me arrepentí de la incursión al clima gélido, cuando
recostado en la puerta ya cerrada de la oficina apoyé los
paquetes con la cena sobre una silla y disfruté del cálido
refugio de mi cueva. Apegado a las ceremonias, acerqué la
mano derecha y deslicé los dedos por el vidrio de la olla
donde Julio, con movimiento austero de aletas me dio la
bienvenida. Había necesitado sentir el rigor del frío para
sumar un condimento extra a una reunión meticulosamente
preparada. Me restaban dos pasos para completarla, una vez
que terminase de preparar la mesa y abrir el vino, acariciaría
la cubierta del disco de vinilo que tanto me había costado
encontrar. Demoraba el inicio del placer de oír de un álbum
de jazz, grabado por el cuarteto de John Coltrane a fines de
1964 en el estudio de Rudy Van Gelder en Englewood
Cliffs, Nueva Jersey. El disco es una suite en cuatro partes,
"Acknowledgement" –que contiene el famoso mantra que
da nombre a la suite–, Resolution, Pursuance y Psalm. Fue
concebido como una obra espiritual, representativa de la
exploración personal de pureza, por parte de Coltrane. El
tema final se corresponde con la letra de un poema piadoso
incluido en la cubierta de presentación del disco.

Había canjeado la amplitud visual y la acústica de un
lugar de culto donde se potenciaría la cualidad de música
sagrada de esa partitura, por la escucha solitaria de un disco

sacrificando, descartando, la cualidad de experiencia simultánea y colectiva vivida por cada asistente, y compartida con los músicos. Prefería que una comunión laica y profunda, según mis creencias, me permitiera la emoción estética y espiritual que, únicamente en soledad, daría curso sin frenos ni pudores. Me preparaba para la intuición de lo sagrado que se había apoderado de mí cuando, hace años, lo oí por primera vez en una radio de Roma. Entonces, fabulaba que iba poder repetir tras ese tenso silencio que antecede a la música se deshace frente a la sonoridad de las cuatro notas del contrabajo en simetría con las cuatro sílabas que en un momento supremo repetirá la voz única de Coltrane como una sombría letanía *«a love supreme»*, *«a love supreme»*, *«a love supreme»*, *«a love supreme»*.

No debería sorprenderme el fervor anticipatorio que me sobrecogía antes de que el disco rodara; quizás mi mayor perseverancia fuera el regocijo del aislamiento, me permitía despojarme de alguna pose, aunque fuera inconsciente; lo que no sabía, en ese momento, lo que no podía ni siquiera fabular en la más disparatada de mis imaginerías, fue la evocación de la frase de Sarkis: «Cáceres, el asceta», destinada a atraer algunos lazos en la diseminación de avatares que fui recogiendo para darles sentido. Tampoco la correspondencia que habría de tener la circunstancia que las melodías que me disponía a oír, habían tenido una presentación anterior en Seattle, en un club desaparecido hacía décadas, en una noche irrepetible de octubre de 1965, una grabación oculta durante casi medio siglo, que volvía a relumbrar con un grado de audacia y desmesura que el tiempo no había atenuado. Como cediendo a un acto ritual propiciatorio fui acomodando los platos en la mesa y elegí vino adecuado en la recoleta bodega que ocupaba un pequeño espacio del depósito.

Fue en ese preciso momento en que el taborilear de nudillos, en la puerta, la ilusión de que fuera un efecto de rebote de un eco en el pasillo se disipó, cuando el sonido se incrementó con terquedad, dispuesto a evitar que cualquier fuerza extraña interrumpiera mi liturgia; me topé con el rostro contrito de Fabrizio que antes de que pudiera decir palabra, se disculpó y explicó los motivos de su aparición. El modo en que planteó la situación me colocaba en una encrucijada, no era lógico que le trasladara el compromiso de disuadir a quien lo había obligado con su impertinente imposición a lograr una entrevista, en un horario absolutamente inusual. No había posibilidad alguna de que desarmara un escenario montado con la rigurosidad de un oficiante. Fui a resolver la intromisión en el menor tiempo posible; sin embargo, no formaba parte de mi actitud el traslado del súbito malestar que me había invadido en una réplica destemplada.

Estaba de pie junto al mostrador de recepción, apenas me vio llegar se aproximó y se disculpó con un tono firme sin matiz de condescendencia; y a continuación, acaso para atajar una respuesta que postergara su objetivo, con la misma persistencia que había compelido a Fabrizio a acceder a su demanda, me propuso hablar de un asunto que requería mi atención sin que le fuera posible concederme dilación alguna.

En las muchas y variadas situaciones de mi experiencia como vendedor de libros raros, nunca había sido intimado en esos términos, progresivamente la molestia inicial fue virando hacia una creciente curiosidad. Ante el impedimento de mantener la conversación en mi oficina, le propuse que fuéramos al bar de la Galería que daba a la calle San Martín.

José Luis Miranda tenía la edad indefinida de los hombres que se han expuesto al sol durante largos períodos;

la piel curtida del rostro amortiguaba las arrugas que se asomaban en particular en su frente, la nariz aguileña avanzaba como la quilla de un barco separando sus ojos achinados de mirada triste. A medida que fue hablando, la agitación inicial mutó en un tono sereno, y en alguna medida hasta reposado. No gesticulaba, las manos de dedos gruesos evidenciaban estar habituadas a tareas que requerían esfuerzo, una red de gruesos tendones se alargaban desde el dorso hasta las muñecas.

«No tengo otra opción, más que situarlo adecuadamente para que comprenda acabadamente la importancia de lo que he venido a solicitarle.

En 1954, a los veinticuatro años, Eduardo Miranda era un joven obstinado y responsable, con una férrea contracción por el trabajo y un amor secreto por la literatura que iban a durarle por siempre, ya sabía que esa fascinación hacia la palabra poética tanto por su maravilla como por su dificultad iba a ser el germen de su escritura.

Cuando íbamos al colegio con mi hermano Joaquín, dos años mayor que yo, mi madre solía desviar el camino habitual para que pasáramos enfrente del Banco y, a través de las paredes vidriadas, lo viéramos atareando tras la ventanilla enrejada; serio y concentrado con mangas negras hasta la mitad de los brazos y la visera que le cubría media frente.

Con el flamante diploma de perito mercantil de la Escuela de Comercio Hipólito Vieytes, como orgullosamente remarcaba en cada ocasión en la que evocaba su adolescencia, ingresó en el puesto más bajo del escalafón en la sede central del Banco Cooperativo de Caseros, donde fue ascendiendo por méritos propios y por antigüedad, hasta que, a mediados de los noventa se jubiló con el cargo de tesorero. Como en una carrera de postas y en simetría al apego para cumplir con sus obligaciones en la Institución, a los pocos meses, aparecieron los primeros síntomas de la enfermedad que dos años después lo llevaría a la tumba.

Su vida podría condensarse en unas cuantas frases, en un país sacudido por turbulencias sociales y violentas confrontaciones, nunca se sintió atraído por algún tipo de filiación política, por más de cuatro décadas conservó el mismo empleo al que había accedido cuando joven; a los veinte años se había casado con su primera novia y siguieron unidos por el mutuo afecto que mantuvo la fogosidad amorosa alejada de la mirada de otros; cuando enviudó prematuramente las pautas generales de su existencia no variaron, salvo que se acentuaron las preocupaciones sobre el futuro de los hijos; mi hermano y yo pudimos cursar nuestras carreras universitarias con su apoyo, lo que nos permitió recibirnos en un lapso más breve de lo habitual. No fue un padre cariñoso ni inclinado a inmiscuirse en nuestros asuntos privados.

Creo que la trayectoria de Eduardo Miranda queda bien expresada en ese sucinto resumen, salvo cuando se deja de lado el territorio de una pasión que, en un principio fue secreta, para ir creciendo hasta ocupar cada vez más lugar en su vida. En alguna etapa de su adolescencia se sintió atraído fatalmente por la poesía modernista, ese arrebato se grabó en su espíritu de manera indeleble, el armario donde acomodaba sus libros estaba superpoblado por los títulos de Rubén Darío, una especie de deidad sagrada para mi padre, también de Lugones, Casal, Herrera y Reissig, y otros que no menciono no porque me falle la memoria sino por causa de la displicencia con que Joaquín y yo asistíamos, distantes, a su insistencia en contagiarnos su desmesura. Para cualquiera que lo hubiera conocido como empleado bancario o como un correcto padre de familia, le costaría imaginarlo cuando por la noches interrumpía la cena familiar para recitarnos alguna poesía, una de sus preferidas comenzaba: «El mar como un vasto cristal azogado» y todavía la puedo decir de corrido no porque me produzca placer sino que la repetición ha sido más tenaz que el olvido, impidiendo cualquier forma de supresión, son un puñado que permanecen inmunes: «Yo soy aquel que ayer nomás decía» y dos o tres más; creo que con las que he evocado son suficientes para dar cuenta de mi propósito.

Lo recuerdo sentado en su escritorio en el living de casa, escribiendo en cuadernos *Laprida* con una estilográfica de tinta azul y más tarde, corregir con lápiz rojo, mientras pronunciaba cada verso en voz baja con la cadencia que buscaba lograr. Después de una larga deliberación consigo mismo, aporreaba las teclas de la *Olivetti Lexicon 80* y volvía a leer el poema moviendo levemente los labios, cuando finalmente lo conformaba, guardaba la hoja en una carpeta y la acomodaba en uno de los cajones de un mueble archivero. La misma perseverancia que lo había llevado a vincularse a un mismo empleo y a una única mujer atravesaba su proyecto literario, digo esto como cita de lo que le oído decir tantas veces, agravado por el condimento de un entusiasmo reservado para ese territorio.

En la época en que con Joaquín terminábamos el secundario, se produjo un episodio extraordinario para la serena vida familiar de los Miranda, mi padre había regresado de una lectura de poesía llevada a cabo en un centro cultural cercano a casa, los organizadores del evento había convocado a dos poetas famosos para que comentaran la producción de los expositores.

"Ahora resulta que lo que yo escribo está bien, pero la contaminación exagerada de la poética modernista le quita vuelo lírico. Tal cual, eso dijo ese engreído subido a una fama que le va a durar un suspiro. Eso no fue todo, el otro encima, se atrevió a darme consejos, sugerirme lecturas, a mí, justo a mí."

Ese rechazo fue el primero de una larga lista; sus poemas nunca alcanzaron ni siquiera una modesta nominación en los concursos en los que participaba, cuando intentó presentarlos a alguna editorial, la respuesta oscilaba entre la disculpa retórica de que el programa de ediciones ya se había completado o el más oprobioso que incluía recomendaciones para mejorar su escritura. Nada pudo esmerilar su insistencia, siguió escribiendo, aunque sus intentos de difusión se fueron espaciando hasta que se diluyeron definitivamente.

Cuando ya la enfermedad lo estaba deteriorando, una tarde en que coincidimos en visitarlo con Joaquín, sin exaltación ni dramatismo nos dijo palabra más palabra menos lo que ahora trataré de glosar:

"Hay escritores, se suele decir, que escriben un libro a lo largo de su vida, dicho para resaltar las zonas de continuidad y de insistencia de obras que se extienden en volúmenes, también hay libros que la persona señalada para escribirlos tarda toda una vida en asumir su destino.

He escrito año tras año, no creo ser un poeta memorable y tampoco me he reasignado al juicio de aquellos que se pegan al oleaje de modas efímeras. Nadie se arriesgó a publicarme, entonces, he decidido hacer mi propia edición; como respuesta a tanto desdén ha sido una tirada de un ejemplar único, bajo el título de *Yo persigo una forma* con el sello editorial EME, es decir un juego de las iniciales de mi nombre y apellido."

Y emocionado como lo vi en el velorio de mamá, nos entregó el grueso volumen con el pedido de que lo conserváramos, por si alguien, alguna vez, lo quisiera leer; dicho con el tono sereno de quien disculpa a los hijos que nunca lo acompañaron en la cruzada y con el deseo de que, quizás, la obra no estuviera definitivamente condenada al silencio.

De común acuerdo, el libro quedó en poder mi hermano, dado que yo tenía en vista radicarme en Perú para continuar con mi actividad profesional, soy ingeniero de minas.

A la inminencia de la muerte de mi padre y la turbación con que nos entregó el libro, siguió la constancia con que el olvido va recubriendo los desmanes emocionales. Mi hermano Joaquín falleció en un accidente de tránsito, yo estaba ocupado con un emprendimiento en Arequipa en uno de los macizos de Ampato; la comunicación me llegó una semana después y pude viajar a Buenos Aires recién a finales del mes. Vaya a saber por qué grieta de mi memoria, en pleno vuelo, con la mirada perdida en la nada que se extendía más allá de la ventanilla del avión tuve como un estiletazo punzante que me sacudió y recordé el libro de mi padre, sería lo único que me traería de vuelta, hacía rato que nos habíamos repartido las fotos familiares y las pocas reliquias finalmente salvadas del naufragio en el que cayeron otros objetos y enseres que convocaban el uso cotidiano.

Me llevé una gran desilusión, mi cuñada y mi sobrina, con la urgencia con que habitualmente se procura suturar el duelo atenuando la pena con la liquidación de los bienes del difunto, habían vendido los muebles y enseres de Joaquín para poner en venta el departamento en el que vivían. Como si aquella situación me hiciera revivir de golpe el pasado; el libro fue algo como la cifra de mis vínculos con mi padre y mi hermano; primero con el cuidado por no perturbar su dolor y, de a poco, ante la intuición de que por esa vía no iba a conseguir nada, las sometí a una compulsa tan exigente como agresiva hasta que por último, ayer logré que rescataran la tarjeta de Jorge Cáceres, que fue quien compró los libros de Joaquín.

Salgo para Arequipa mañana temprano, quizás ahora comprenda y justifique mi persistencia, la obstinación con que prácticamente obligué a la persona que me atendió en la recepción para conseguir hablar con Usted y encargarle, en la medida de sus posibilidades que rescaté *Yo persigo una forma*».

Mientras José Luis Miranda se explayaba detallando los avatares de sus actividades en los Andes peruanos, fui reponiendo la circunstancia a la que hacía referencia, un par de semanas atrás había recibido el ofrecimiento de compra de un lote de libros, justo estaba muy atareado terminando de completar un envío para una universidad alemana por eso le pedí a Gregorio que se hiciera cargo del asunto y le pasé mi tarjeta para que se presentara en mi nombre. Al día siguiente llamó para agradecerme y comentar que si bien no había nada del otro mundo, los volúmenes de economía y administración de empresas se podían colocar con facilidad.

Hubiera sido complicado señalarle ese desvío a Miranda y preferí aceptar el encargo, haciendo depender el costo del tiempo que me iba insumir la búsqueda. Asimismo, una veta de curiosidad me asaltaba, debía reconocer que en mi experiencia, al menos todavía, nunca había estado en la averiguación del paradero de un ejemplar único, que además tenía valor para una persona en el mundo.

La postergación no atenuó el goce de la reunión con Coltrane de la que participaba la presencia discreta y silente de Julio que, en correspondencia con mi deleite, se mantuvo en un acompasado movimiento de las aletas como dejándose llevar por la magia de la música. El Malbec hizo su contribución a la magnificencia del acontecimiento. De cuya intensidad ha quedado el testimonio, mi escucha ocupó todas las latitudes de mis vivencias. No son frecuentes en mí los intermezzos de plenitud.

En los márgenes

Trabajo siguiendo la pista de libros que, por diversos motivos, se han convertido en objetos preciados para coleccionistas o lectores críticos especializados; asimismo atiendo requerimientos de universidades y hasta de museos; en todos los casos, el objetivo consiste en hallar libros, sin embargo el pedido de José Luis Miranda salía de lo habitual.

El libro es una publicación unitaria, no periódica, de carácter literario, artístico, científico, técnico, educativo, informativo o recreativo, cuya edición se hace en su totalidad de una sola vez, en un volumen o a intervalos en volúmenes o fascículos; es un todo unitario que no puede comercializarse separadamente, se diferencia de otras formas artísticas que no comparte el aurea de original único como en la pintura o la escultura, acaso las ediciones raras pueden alcanzar precios de grandes cifras, nunca por haber sido únicos, sin excepción, cualquier título ha participado de una serie.

Yo había sido infiltrado por la barra brava de la teoría francesa desde mi paso por la Facultad; Derrida, Barthes, Deleuze, Barthes y Cía que ponían en cuestión el privilegio otorgado al original. *Yo persigo una forma* era un rara avis, el título era una cita fácilmente reconocible; era un libro que no había formado parte de una serie, era un ejemplar único. No me imaginaba debatiendo con esos tipos que portaban la manopla correctiva de una bibliografía descomunal, simplemente me perturbaba ir en la búsqueda de un bicho raro, como un botánico que le han propuesto ubicar un lirio único de dos pétalos.

Gregorio Almada no respondía mis llamados, durante un día intenté comunicarme con él en diferentes horarios. Era el número del teléfono fijo en el puesto que alquilaba en el Mercado de Pulgas; exhibía con ostentación su bohemia apartándose de los usos y costumbres que suponía formas de control, de ahí que se negó al uso el celular. Su discurso suele ser un complejo entramado de frases incluidas que desarrollan una enredada tesis bastante difícil de seguir. Se negaba a entregar a un gran hermano digital los datos de su localización, había en ese gesto un componente de paranoia pero, asimismo, una lógica incuestionable en torno de la penetración de las estrategias de vigilancia en la actualidad. Yo no lo contradecía en algunos de sus argumentos, acaso los compartía, situándome en un punto distante de su militancia. Gregorio no vendía libros exclusivamente, su puesto era una muestra acabada de su modo de entender la vida, como un auténtico especialista en muebles de estilo, solía tener a la venta algunas piezas notables; también compraba ropa usada en remates que elegía con habilidad.

Por los escabrosos circuitos en el que circulan mensajes en código, entre los que participan de actividades profesionales, me había llegado el rumor que lo habían estafado en un acuerdo en el que invirtió una buena parte de su capital, fue cuando pensé que le podía pasar el dato de los Miranda, no por ser un gran negocio sino porque en la mala todo suma, en especial cuando aparecen los que tienden una mano. El frío y el aguacero de agosto seguramente lo habían alentado para pegar un faltazo al local en el Mercado de Niceto Vega y Córdoba, que no era precisamente un lugar reparador con sus techos plagados de huecos y corredores abiertos a los vapuleos de las corrientes de viento que se colaban impunemente.

A medida que me voy alejando de la fecha de mi nacimiento, se ha ido fortificando en mí un impulso hacia la soledad, en particular como una retirada hacia la lentitud, por rechazo contra el poderío discrecional y espasmódico de la aceleración; una displicencia, tal vez inocua, al sometimiento de los cantos de sirena capitalistas que secuestran las horas del día a cambio de promesas de ganancias que acrecientan sus bolsillos; me siento más a gusto eligiendo un tono menor, me he animado a afirmar que, de todos modos, esa actitud ha acentuado una propensión muy remota que fue emergiendo a consecuencia de que estrabismo me ponía del lado de los raros. Hay quien elige ocultarse en el bosque disfrazado de árbol, en el sentido literal de la palabra, para alcanzar un sí mismo retirado y discreto. No se ajusta a mi talante, en algún momento, emboscado no podría aguantar los setos que se presumen álamos carolina y les largaría un sarcasmo.

Compartimos con Julio un desayuno austero, yo con mis mates amargos, él atrapando los trocitos de alimento antes que llegaran al fondo de la olla.

Para fortalecer mi inclinación hacia el encierro, pensaba en sintonía con Gregorio que se mantenía recluido, negándose a plegarse a las premuras impuestas en contra de su acendrada y, quizás anacrónica, forma de rebelarse contra las corrientes dominantes de este aciago presente.

Combinando la placentera reclusión, alentada y justificada por un clima invernal riguroso, con la postura de un flâneur que vagaba por los rincones de mi depósito, sin saber, a ciencia cierta qué buscaba, con la expectativa de quien puede descubrir un algo que le provoque un asombro impensado. Me detuve en una caja de cartón rectangular que había quedado arrinconada por semanas sin que la examinara. Regresé a la escena en la que fui el destinatario de un súbito pase de manos.

El trámite estaba en las últimas etapas, había sido satisfactorio, pude resolverlo en el mismo día, lo que no es habitual. Reinaldo Gómez vino a la oficina temprano en la mañana y propuso venderme los libros de su abuelo, por la tarde los embalaba junto con el fletero. Estaba acostumbrado a ese tipo de transacciones, lo que era inusual era la imposición de llevarlo a cabo sin dilaciones; Nicasio Gómez debió ser un gran lector, había algunas piezas valiosas, primera ediciones del *Adán Buenosayres* y de *El estruendo de las rosas,* una selección de volúmenes de filosofía existencialista publicados en los años cuarenta y cincuenta; su nieto no tenía interés en esos detalles, como suele ocurrir los herederos se excluyen del legado simbólico para concentrase en los valores tangibles, sin embargo Reinaldo Gómez parecía dispuesto a liquidar todo sin importarle el precio, quizás necesitaba liberar el espacio para alquilar el departamento. Esperábamos en el palier el ascensor cuando se asomó con la caja y me la entregó, sin siquiera ofrecérmela y, con pocas palabras me comentó que su abuelo la guardaba en otro mueble, después cerró la puerta como quien se ha sacado una carga de encima, sin darme tiempo a una respuesta.

La cargué hasta la mesa y me dispuse a constatar el contenido, había algunos volúmenes descabalados, los dos tomos de Kapelusz del *Quijote* con el estudio preliminar Celina Sabor Cortazar y edición y notas de Martín de Riquer con, los lomos quebrados y pliegos sueltos; *Rama Florida* de Luis Arena publicado por Editorial Estrada en 1950, un libro de lectura para la escuela primaria que lucía aún más deteriorado como si el uso en manos infantiles a lo largo del año hubieran dejado sus marcas; calculé la edad de Nicasio Gómez, *Rama Florida* debió formar parte de la valija escolar de alguno de sus hijos, por qué no, del padre de Reinaldo; había un cuaderno con notas personales que abarcaba las primeras diez páginas y un conjunto de hojas escritas a mano con renglones parejos; casi al fondo, había dos volúmenes más chicos, uno al lado del otro, la edición la Editorial Destiempo de 1937 de *Marea de lágrimas* de Ulises Petit de Murat, con el grabado de un pez alado en la tapa, con marcas y comentarios de los poemas anotados en los márgenes y, junto a él, lo que en principio me hizo dudar hasta que lo hojeé para superar la incredulidad inicial: una primera edición de *El pozo* de Juan Carlos Onetti pero, no era todo, había una carta escrita a máquina y firmada por Onetti dirigida a "Mi querido Ítalo" y sin fecha, insertada en la anteportada, con el mismo papel de estraza y el mismo tamaño del libro, cuidadosamente pegada, de tal manera que parecía ser parte de la encuadernación, también encontré una hoja doblada en cuatro con la copia, en carbónico, de lo que indudablemente era la respuesta de Kostia de abril de 1940, firmada por Ítalo. El libro no tenía deterioros ni marcas, deduje intuitivamente que Nicasio Gómez debió ser contemporáneo de Onetti y de Kostia. La fábula, tan arraigada, del tesoro escondido en un altillo me salía al cruce; inicialmente no había dudas de que era un hallazgo inusual. La posibilidad de imaginar que tenía una mínima parte de la correspondencia entre esos dos personajes sacudió mi temple de ánimo acostumbrado a trasladar la parsimonia condescendiente y mi ascetismo a la ansiedad.

Aquella tarde me vanaglorié de mi depósito; hice una prolija recolección de referencias a partir de lo que fui rastreando en los estantes de mi archivo personal, el que no formaba parte de las existencias a la venta. Casi como un reflejo condicionado me negué rotundamente a hablar con Roberto Ferro, tenía su *Onetti- La fundación imaginada,* lo que me relevaba de una consulta que pondría en peligro el secreto de mi descubrimiento, era preferible leerlo antes que someterme al incordio de ir a verlo para oír las peroratas acerca de sus investigaciones. Cada uno porta su karma, para mí ese peso solía hacer insoportable, al menos para mí, la conversación con él. Eso no significaba que no valoraba alguno de sus gestos hacia mí, ni su amistad; eso es lo propio de la amistad reconocer el lado oscuro de los cuerpos terrenales.

Revisé exhaustivamente la biografía de Onetti *Construcción de la noche* de María Esther Gilio y Carlos María Domínguez, tambíén sumé el *Arlt y la crítica* de Omar Borré y *El escritor en el bosque de ladrillos* de Silvya Saitta para indagar acerca de los vínculos entre Kostia y Arlt.

En principio, necesitaba articular el contexto y situar con precisión a los personajes, y componer una ajustada síntesis.

A mediados de 1939, el poeta Juan Cunha, que por aquellos años era cobrador de avisos del recién aparecido periódico *Marcha*, se asocia con su amigo Casto Canel para fundar la editorial Signos. Las primeras ediciones fueron los cuadernos de poesía de Asconzábal Martínez, Liber Falco, Emilio Oribe y del propio Juan Cuhna.

Canel, que frecuentaba a Onetti desde mediados de los años treinta, le pidió un texto breve para su publicación. Onetti no había olvidado una historia escrita años atrás en Buenos Aires, aún quedaban restos, en su memoria, de la primera versión que había extraviado. La reescribe y les entregó *El pozo*.

Se editaron quinientos ejemplares en papel de estraza, usado habitualmente para envolver fideos, llevaba una tapa un poco más gruesa que Canel ofreció ilustrar con el dibujo de una cabeza que él mismo había hecho. A Onetti se le ocurrió que lo ideal sería que el dibujo lo firmara Picasso. María Julia Onetti, su prima y segunda ex-esposa, imitó con precisión la firma del pintor.

Ese gesto, cargado de ironía burlona rubricaba el carácter provocativo de una escritura que las marcas distintivas de la marginalidad; puesto que sumaba al violento rechazo de las adocenadas poéticas dominantes; la visión del campo literario contemporáneo como un componente más de una cultura de la simulación, demasiado engolada consigo misma y, acaso, olvidada de la condición real del país en que se producía. El circuito se cerró con el modo de circulación de *El pozo*, la edición fue entregada a la firma Barreiro y Ramos para su distribución, que años después sólo acreditaba la venta de cuarenta y nueve ejemplares. Más tarde se entregaron cien ejemplares para que la revista *Número* lo distribuyera y se quedara con el producto de la comercialización; un aviso que apareció, a partir de julio de 1951, en las páginas publicitarias de la revista anunciaba: "En distribución: JUAN CARLOS ONETTI. *El pozo*"

En 1934 Onetti llevó su novela *Tiempo de abrazar* a Roberto Arlt, quien entonces trabajaba en el diario *El Mundo* de Buenos Aires; pasaba uno de los tantos períodos de escasez económica, tan frecuente en esa época de su vida, y su amigo Ítalo Constantini, Kostia, lo había asilado en su casa del barrio de Flores. Onetti dirá de él que era alguien notablemente inteligente e intuitivo en cuestiones literarias. Fue el primer lector de *Tiempo de abrazar* y lo convenció para ver a Arlt, ante los reparos de Onetti, Kostia contestó: «Arlt es un gran novelista. Odia lo que podemos llamar literatura entre comillas. Y tu librito, por lo menos, está limpio de eso. No te preocupes, lo más probable es que te mande a la mierda».

Kostia era la oveja negra de una familia adinerada, propietaria de una cadena de florerías, que le pasaba dinero siempre y cuando se mantuviera a prudente distancia del negocio. En situación privilegiada había cultivado su inteligencia con lucidez y modestia, dedicando la mayor parte de su vida a la lectura. Había crecido con Arlt en el barrio de Flores, conocía a muchos de los protagonistas de *Los siete locos y Los lanzallamas,* compartía con él una vieja amistad, tal como lo ponen de manifiesto la dedicatoria a Juan Constantini en *Las ciencias ocultas en la ciudad de Buenos Aires,* que Arlt publica en 1920 y su Aguafuerte del 17 de noviembre de 1930, "Tum Thumb Golf", en el que anunciaba la apertura de un minigolf regenteado por Kostia.

También rescaté una breve anécdota de Matilde Zagalsky deslizada en una entrevista, la gran traductora de Laurence Durrell y J. R. R. Tolkien, que firmaba Matilde Horne. Un día, en el subterráneo que corría por la calle Rivadavia, y se llamaba Anglo, conoció a Ítalo Constantini, el famoso Kostia. Ella llevaba en la mano no sé qué libro y Kostia llevaba otro y empezó una amistad que duró décadas. Ese dato permite situarlo a en el espacio literario, alguien que, al parecer, no había escrito una línea pero que era considerado como un interlocutor valioso por personalidades notales como Arlt, Onetti y Zagalsky.

El haber armado un primer punto de anclaje de los lazos que unieron a Onetti y a Kostia, había atenuado la hiperactividad inicial; con más calma, opté por inspeccionar el contenido de la caja antes que sumergirme en la lectura detallada de las cartas. Después de una rigurosa compulsa, pude separar dos tarjetas personales que estaban entre las páginas en blanco del cuaderno *Rivadavia* de tapa dura; lo que me llamó la atención fue que la dirección de ambas, remitían a la ciudad de Maldonado en Uruguay, a simple vista su diseño y el color blanco de fondo, que iba siendo invadido por una coloración amarillenta, me disparaban algunas hipótesis arriesgadas, provisionales; el primer interrogante que barajé se relacionó con la causa por la que Nicasio Gómez hubiera conservado, únicamente, esas dos; era válido imaginar el azar pero, como diría Lonrot, no era interesante y además obstruía cualquier razonamiento, en particular; había que forzar ese recurso hasta hacerlo inverosímil para explicar que Wilmar Andrade y Hermes Carranza, además de tener su domicilio en Maldonado, vivían en la calle Sarandí, separados por un par de cuadras. En la de Andrade se agregaba bajo el nombre la profesión de médico oftalmólogo, en la de Carranza, en cambio, no había otra mención más que su dirección. Creía que pensar el vínculo entre Onetti y una ciudad del interior del Uruguay no era una especulación absurda. Una segunda indagación no aportó algo relevante; en el cuaderno había apuntes relacionados con el existencialismo, a veces citas, a veces alguna tentativa de reflexión ensayística que, según pude observar, volcaba luego en las hojas escritas a máquina, eran pensamientos dispersos; quizás los hubo conservado porque nunca alcanzaron la forma de un proyecto. Me distraje, un instante, en el eco del nombre *Rivadavia* trazado en una lujosa letra magistral inglesa con el diseño del nombre y apellido de Carranza, algo más modesto, en el mismo tipo de letra.

Después de una deliberación en la que confrontaba las formas de continuidad para aproximarme a las cartas que la fortuna había puesto a mi disposición, me animé a avanzar.

La posibilidad de estar ante una especie de iceberg del que había encontrado la octava parte que emerge en la superficie, me llevó a imaginar que en algún todavía habría un epistolario entre Onetti y Kostia que sacaría a luz zonas, todavía no iluminadas, de la vida de Onetti en Buenos Aires y, por parte de Kostia, el descubrimiento de un personaje del mundo literario; alguien del que hasta el presente no se le conocía ni una palabra escrita.

Antes de internarme en la lectura literal de las cartas se me impuso tratar de recabar información sobre Nicasio Gómez ese podría ser el hilo conductor hacia ese territorio todavía en sombras. A sabiendas de que podría chocar con la impertinencia de Reinaldo, su nieto, no me negué el tanteo. Contra mis expectativas, que incluía una excusa vinculada a la necesidad de armar fichas de referencias de los libros, me atendió con una pausada serenidad y me propuso pasar por la oficina al día siguiente por la mañana.

Rescatando la voz de una épica

A la hora convenida se asomó por la puerta que había entreabierto, esbozó un saludo con un ligero movimiento de la mano y sin más se deshizo de la gruesa bufanda que envolvía la mitad del rostro y del grueso abrigo acomodándolos en el perchero. Luego se demoró observando la olla mientras, el axolotl hacía una danza y contradanza bastante inusual ante la llegada de un extraño, hubo un mutuo consentimiento de aproximarse y, por algunos segundos, los dedos de Reinaldo Gómez se tocaron, a través del cristal, con la boca de Julio. Eso exhibía alguna reticencia de su parte, hasta que finalmente le comenté mi curiosidad por desentrañar el por qué Nicasio Gómez había conservado esas dos tarjetas; ante su silencio y, para no tensar la situación, lo puse en conocimiento del hallazgo de *El pozo* y le mostré la carta de Onetti y la copia de la de Kostia. Después de entrelazar las manos y posando la mirada sobre los objetos que contenía la caja de cartón, se dispuso a hablar.

«En unos días viajo con el propósito de radicarme en Barcelona, más que a probar suerte de cara al futuro, me voy para cortar con rémoras de una situación que me está ahogando. No lo conozco aunque intuyo que no es alguien apegado a los relatos saturados por los vericuetos y las contramarchas que abundan en pormenores de los tramos finales de una relación afectiva. Sumado a una moderada debacle en el plano económico que me ha impulsado a la decisión de aceptar, sin desbordes lacrimosos, las consecuencias de un final de etapa.

El llamado de ayer me liberó para mover algunas trabas que ejercían presión sobre mi estado de ánimo y oprimían la emergencia de mi voz, la imperiosa necesidad de hablar, no para explicar o justificar mis actitudes frente a un extraño que he visto dos veces en mi vida y, seguramente, no habrá otra ocasión de encontrarnos. Me refiero en concreto a que su pedido habilita una posibilidad de ser escuchado y descargar en palabras una masa entreverada de sensaciones, ideas, imágenes, todas arraigadas en mi pasado y vinculas al abuelo Nicasio. El corte al que hice alusión, no implica desligarme de las escenas de mi memoria que han moldeado algunos de los rasgos indelebles de lo que, pomposamente, podría llamar mi identidad. Esta conversación me habilita la oportunidad de dar salida a esa presión. El otro día, estaba contrariado por el hecho de desprenderme de esos libros; no había otra alternativa, me iré a Barcelona con lo puesto, debía liberar el departamento para alquilarlo y postergué hasta último momento la ceremonia de separarme de esas reliquias tan fuertemente vinculadas a su recuerdo. En lugar de intercambiar informaciones para sus fichas y dar cuenta de los motivos por los cuales el abuelo conservaba esas tarjetas le propongo oír un relato. Para mí será una forma reparadora de reencontrarme con una presencia muy fuerte y usted tendrá un marco más amplio para esos datos; el costo será módico, quizás un lapso más extenso, espero no importunarlo.

Las primeros imágenes que surgen, al evocarlo, son las de un anciano que se movía dificultosamente con el auxilio de un bastón, la espalda encorvada no amenguaba su estatura, quizás resaltada por su delgadez, la mirada de sus ojos grises se amplificaba por gruesos lentes para compensar la miopía pero, lo que me ha marcado sin dudas ha sido su voz; esa voz con la que enhebraba las historias épicas con las que nos solazábamos en la niñez y adolescencia hasta que partió.

No pretendo abrumarlo con peroratas para adornar el relato pero, se impone señalar que la opresora avalancha de innovaciones tecnológicas que padecemos en la actualidad, no ha perturbado en lo más mínimo algunas ceremonias que se deben remontar hasta las cavernas, hablo de las reuniones familiares, en las que se repiten escenarios, situaciones y roles. El abuelo Nicasio había ido languideciendo, era un hombre fino y su inteligencia se manifestaba en la sutileza con que comprendía a los demás. Alguna vez habrá percibido que la narración de algunos de sus recuerdos se habían reiterado tanto que los hijos, los hermanos, y los demás comensales comenzaban a agobiarse, cuando no a aburrirse, y se fue retirando a la imposición de un silencio obligado. En una de esas reuniones debe haber habido algún pasaje que se tendió entre nosotros: yo estaba dejando de ser un niño, al día siguiente lo busqué y ahí volvió asumir su voz una tonalidad atravesada por la fruición que produce revivir el pasado. Con el correr de los años, se había refugiado en un elenco de recuerdos que, cuando los evocaba, parecía revivir, gozar con ese regreso a una comarca en la que había sido protagonista de episodios de una grandiosidad fuera de lo común, al menos ese era el gesto de su mirada y el vuelo de sus manos cuando por las tardes reinventábamos juntos la ceremonia.

Ante todo, sus historias nos trasladaban a tres espacios, el cabaret *Marabú*, los cafés *El Foro* y el *Politeama* y su exilio en el Uruguay.

Desde finales de los años treinta hasta mediados de la década siguiente hasta unos meses después del casamiento con mi abuela Eugenia tras un romance fulminante de tres meses, Nicasio Gómez fue un habitué del cabaret *Marabú*, en su palabra desfilaban las orquestas de Aníbal Troilo, Alfredo de Angelis Rodolfo Biaggi, Carlos Di Sarli y los cantores Francisco Fiorentino, Floreal Ruiz, Carlos Dante, Ángel Vargas.

Abuelo trasmitía el encanto del *Marabú* donde se concentraba la sensualidad y el misterio de una ciudad, con su carga de soledad y melancolía como el tango reflejaba. En esa época los cabarés contemporáneos como el *Tabaris* y el *Chantecler*, entre otros, el *Marabú* tenía una gran pista de baile rodeada de mesas, barras y escenarios para orquestas. A la medianoche hacían números de varieté, usualmente no concurrían parejas, sino grupos de hombres y mujeres solas, eran lugares de baile y ligue. Allí conoció a Eugenia; la rememoración de los primeros tangos que bailaron juntos alcanzaba un toque distintivo que integraba la nostalgia con el goce de un reencuentro que no había agotado su fuerza emocional. Nicasio presumía de ser un gran bailarín de tango y, una noche, los naipes jugaron a favor para que bailaran por primera vez, con Eugenia, siguieron danzando hasta que el cabaret cerró esa madrugada. "No pude, separarme más de esa mujer que era capaz de acompañar y compartir el deseo de componer un firulete después de que unidos en abrazo estrecho habíamos completado la caminata, el corte y la quebrada".

Mientras pronunciaba pausadamente cada frase la mirada se le encendía y las manos parecían haber recuperado la vivacidad perdida y resaltaba que el tango debe ser bailado como un lenguaje corporal a través del cual se transmiten emociones personales a la pareja. Con una mujer con la que se baila el tango, como Eugenia, la pasión estaba a buen resguardo. Y a continuación describía las noches que llegaban juntos caminando del brazo desde la calle Corrientes hasta la entrada del cabaret en el subsuelo de un edificio estilo palacio italiano ubicado en Maipú 359. Recitaba una y otra vez esa dirección como si fuera parte de una letanía litúrgica. Allí eran recibidos en la puerta por un portero con faldón y gorra, "Vos hubieras visto a tu abuela Eugenia con un vestido rojo de satén pegado al cuerpo leer una y otra vez el cartel de la puerta que anunciaba: "Todo el mundo al *Marabú*". No se le debe escapar que esa cita que acabo de recitar fue tallada por la voz del abuelo sin que nunca menguara la emoción compartida. Cuando mi abuela Eugenia quedó embarazada de mi tío Alfonso, el *Marabú* se desvaneció, nunca volvieron a ese templo.

Las historias que reflejaban el costado intelectual y artístico de abuelo se situaban en *El Foro* un bar ubicado en Uruguay y Corrientes donde asistía y participaba en las mesas en las que León Kopps, gran poeta y amigo; Matilde Zagalsky, nunca dejaba de mencionar sus traducciones, una por una, Ítalo Constantini, que a usted parece interesarle especialmente, el infaltable Onetti, había otros muchos pero esos nombres han sido los que más fueron repiqueteando en mi memoria, por supuesto no eran los únicos. Nicasio Gómez era un sartreano de la primera hora, nunca terminó de aclararme cómo conseguía las ediciones en francés durante la segunda guerra, pero estaba al tanto de su obra, tenía una primera edición de *L´être et le néan* de Galimard, me ha quedado grabada la tapa amarilla con los títulos en negro, espero que usted logre ubicarla con alguien capaz de recrear el éxtasis y el placer que ese libro le producía; admiración expandida por el eco de las citas que matizaban los regresos al repaso a sus lecturas.

A una cuadra por la vereda de enfrente en la esquina de Corrientes y Paraná estaba el bar *Politeama*, allí se reunían otra rama de la fauna noctámbula porteña: artistas de teatros, buscadores de fortuna, locutores de radio, algunos personajes se repetían Onetti, Constantini, Invernizzi, Alsina Thevenet, lo que entregaba a la palabra de abuelo una tonalidad inigualable era cuando recordaba haber compartido varias noches con un actriz que hacia sus primeras experiencias en la radio, según decía, nadie podía imaginar hasta dónde iba a llegar: Evita. A menudo he fabulado que los libros franceses de Sartre, Camus y otros, los conseguía por su cercanía con contrabandistas que poblaban las mesas de ese bar. Nicasio Gómez pasaba de *El Foro* al *Politeama* deambulando entre la filosofía existencial, los sondeos imaginarios de los escritores, la magia de los actores y el riesgo de los que vivían al margen de la ley, cuestión que le importaba muy poco a aquel hombre que, por las noches, abandonaba la rigidez de la legalidad defendida en su condición de abogado. La profesión lo puso en un peligro tan inminente que debió exiliarse en el Uruguay, durante casi dos años.

En la historia política argentina, Cipriano Reyes es una especie de agujero negro para unos, un significante vacío, para otros, de acuerdo con afirmaciones antagónicas fue el principal gestor del 17 de octubre, o un taimado traidor a Perón; quien asuma el control de la versión puede situarlo como mejor le convenga.

Nicasio Gómez fue, desde antes de que se iniciara la segunda guerra mundial, un enemigo declarado del fascismo y del nazismo; apoyó las movilizaciones que hubo en Buenos Aires a favor de la República Española en la Guerra Civil y, consecuentemente, fue opositor al golpe militar del 43 y, como el arco intelectual, luego, un ferviente antiperonista. Más allá del plano de las ideas nunca tuvo una militancia partidaria ni le interesaba inmiscuirse en las pujas políticas, simplemente despreciaba esas prácticas. La conjunción de un trámite jurídico relacionado con una disputa comercial y la connivencia del socio de su estudio jurídico con allegados al Partido Laborista desencadenó la exigencia perentoria de salir del país.

El 4 de julio de 1947, Cipriano Reyes sufrió un atentado a la salida de su casa, el taxi en el que viajaba fue atacado a balazos, el chofer murió y Reyes resultó malherido. El 24 y 25 de septiembre de 1948, el gobierno anunció que un grupo comandado por Reyes planeaba asesinar a Perón y a su esposa el 12 de octubre a la salida del teatro Colón. Reyes y algunos de los dirigentes del Partido Laborista fueron encarcelados, entre ellos Matías Roldan el socio de mi abuelo. El estudio fue allanado, lo vinieron a detener a casa, pero él, alertado por la repercusión de la magnitud de los acontecimientos y de la enjundia con que se había perseguido a quienes se señalaba como cómplices del atentado, decidió exiliarse.

Por requerimientos de quien ha sido formado en la escucha de historias contadas por un gran narrador, me va a aceptar una licencia formal, he retenido un nombre que aún no he pronunciado; es el único que participa con mi abuelo de esos tres espacios en los que se repartía la evocación de su pasado, me refiero a Julio Adín. Habitué del *Marabú*, puntual a las mesas de *El Foro* y el *Politeama* y quien en una situación extrema le facilitó a mi abuelo la salida del país, en complicidad con uno de los habitués del *Politeama* que se encargó de trasladarlo sano y salvo a Maldonado donde vivió durante casi dos años en una casita de unos familiares de Adín; esas peripecias ratifican mi intuición del vínculo entre abuelo y gente vinculada al contrabando.

La abuela Eugenia, con el auxilio de su hermano Ramiro tomó las riendas de la casa y contuvo a los dos niños, la saga de las citas en Maldonado entre esos dos amantes inigualables no viene al caso.

Julio Adín fue uno de sus amigos entrañables; le solazaba recordar algunas etapas de su vida, judío ruso nacido en la aldea de Grodno, con apenas 16 años cometió dos trasgresiones que lo traerían al Río de la Plata: primero, suponer que Grodno pertenecía a Rusia, cuando permanecía bajo el control de Polonia, y luego, liderar la primera célula de estudiantes del Partido Comunista en una región donde ser bolchevique era un delito. Adín logró escapar con dos camaradas gracias a un cónsul uruguayo en Prusia oriental que vendía pasaportes falsos por doscientos dólares. Una red de contrabandistas le allanó el camino, no sin innumerables contratiempos e incidentes, para finalmente arribar al puerto de Montevideo. Como verá abuelo y Adín tenían muchas coincidencias de uno y otro lado de la ley.

Se vinculó al Partido Comunista Uruguayo y consiguió ingresar en la Facultad de Veterinaria, donde conoció a Tola Invernizzi, por entonces delegado de la Asociación Estudiantil Roja. Llegó a Buenos Aires en 1938 para trabajar de periodista en un diario judío y, poco después, un alemán que atendía las necesidades de los refugiados de la guerra le compró máquinas de linotipia, le abrió una cuenta en el banco y le montó una empresa editorial que se encargó rápidamente de fundir.

Una noche, Tola Invernizzi lo llevó a conocer a Onetti. Se citaron en una lechería ubicada a pocos metros de Corrientes y Pueyrredón que, pese a su nombre, tenía la virtud de servir copas de grapa. Julio era un tipo deslumbrante, me decía, y el brillo de su mirada se extendía hacia un horizonte inaccesible. Desde que había emigrado a Israel perdieron la cotidianeidad de los diálogos y la distancia los fue empujando a los rincones de la memoria de cada uno; no me cabe duda de que a la hora de revisar su pasado, Julio Adín ocupa un lugar relevante.

Abuelo hacía menciones breves y sueltas a su temporada en Maldonado, en ese aspecto no puedo despejar sus dudas, salvo el de confirmar que las tarjetas remiten a ese período, entre finales de setiembre del 48 hasta marzo de 1950, en el que merced a los oficios de la abuela se demostró que Roldán era su socio en asuntos jurídicos y, Nicasio Gómez, no tenía filiación política que lo vinculara con actos contra el gobierno.

Klopps, Onetti, Constantini o Kostia, y los otros son solo nombres que remiten a sucesos en los que, salvo Adín, se me presenta como perfiles, no podría agregar nada más que el deletreo de las palabras que los sitúan en *El Foro* o en el *Politeama*, podría puntualizar qué discutían, las cosas en las que centraban sus intereses, en definitiva sus ideas y pasiones; nada de su intimidad, ni siquiera dónde vivían. Sería un dislate que le hablara del Juan Carlos Onetti que alcanzado una notable visibilidad, eso no tiene nada que ver con mi abuelo.

Tampoco tengo idea de las motivaciones por las cuales *El pozo* quedó guardado en esa caja, jamás lo había mencionado y yo nunca me hubiera anoticiado de sus contenidos. Cuando lo contacté, no tenía intenciones de hacer alguna diferencia económica, no hay precio expresado en moneda que pueda equiparar su significado para mí; un colega me acercó su nombre y mencionó su competencia y el circuito en el que se movía, me amparé en la ilusión de que esos libros podían ir a manos de quienes pueden darle el valor similar al que tenían para mi abuelo, o sea los avatares de su investigación a la que he tratado de contribuir forma parte de nuestro acuerdo, no tenemos nada que cambiar de nuestro convenio. Algo me dice que no me equivoqué, su interés coloca ese libro en un rango similar al que debió tener para Nicasio Gómez».

A pesar de las gafas

16 de marzo. Sarkis había insistido para que fuera a su oficina desde hacía un par de días, esa tarde, decidí abandonar mis resistencias y los intentos de disuasión que había esgrimido. Insistía en que era imperioso que acordáramos los pasos a seguir para ser aceptados por una red universitaria norteamericana, no tuve en cuenta que nunca especificó algún otro detalle, salvo la muletilla que reiteraba en cada mensaje.

Las pocas cuadras que debía hacer a pie, me convencieron de haberme equivocado con la hora convenida, el calor sofocante de las primeras horas de la tarde anunciaba que, a mediados de marzo, el verano porteño no quería retirarse; como valor agregado soportaba el incordio de tropezarme a cada paso con transeúntes distraídos o apurados componiendo una combinación que debió haberse expresado en mi rostro al entrar.

Nos conocemos, con Sarkis, desde hace un tiempo difícil de precisar, tan incierto que hasta se han borrado las diferentes etapas geológicas que permitirían distinguir las épocas de tensión de las de una acentuada neutralidad y, finalmente, de la del presente en que limadas algunas rebabas y habiendo convenido desde las dos orillas la exigencia de aceptar los vaivenes anímicos del otro, hemos asumido una sociedad de manos libres que nos ha redundado en pingues ganancias. Desde esa enciclopedia, Sarkis se anticipó a mi protesta y los consecuentes gruñidos, ostentosamente levantó su mano derecha y sin levantarse de su sillón giratorio dijo con calculada afectación:

«Ni el clima de este extenso, despiadado e interminable verano se ha interpuesto entre Cáceres y sus obligaciones comerciales, pero debo defraudarlo, no lo he atraído a este recinto por razones profesionales; no es cosa de venderle libros, revistas, folletos, y otras yerbas, a los yanquis que pagan en moneda dura, ha venido compelido por las súplicas de este buen samaritano, que recurrió a funestos artilugios para confundirlo. No postergo más el motivo, ha llegado, a esta humilde tienda de maravillas, un objeto como parte de un lote recientemente adquirido por un servidor, que pasó desapercibido a los dueños del paquete, a los intermediarios, incluso al delirante martillero que me lo entregó ignorando, no solo su valor, sino asimismo su existencia; estaba arrumbado en un heteróclito conjunto compuesto de tres brújulas averiadas, un mapamundi dañado, dos mapas de Islandia con el hule cuarteado y un calendario ilustrado de la primera guerra mundial, que era lo único rescatable por lo que ofrecí unos pocos pesos. Entonces, como bien he confesado no me ha costado nada; ese detalle va a cambiar abruptamente, solo un consumado estrábico como Jorge Cáceres puede justipreciar cómo se condensan mis afectos en este acto que hago entrega de este presente: nada menos que un instrumento óptico de avanzada, eso sí de avanzada a mediados del siglo XIX».

Era un estuche nacarado con los bordes desgastados por el uso, contenía unas gafas con montura y patillas doradas; los lentes habían pasado indemnes el paso de los años, la felpa del interior tenía grabada una inscripción en alemán. Aún no me había repuesto de la sorpresa y ni siquiera había ensayado un gesto de agradecimiento cuando entró una mujer joven y, sin fórmula introductoria comenzó a desplegar un discurso que parecía haber aprendido de memoria o que la obligación de repetirlo la había llevado a desentenderse de la secuencia, no del brío con que lo expresaba. El arranque fue tan formidable que ni Sarquis y ni yo atinamos a interrumpirla.

«Si digo Aldo Bareiro no hace falta agregar más, durante semanas, a toda hora, los canales de televisión, las radios, los diarios, las redes sociales, estuvieron tan convencidos de su culpabilidad que con pronunciar su nombre y guardar silencio, se representan las escenas que lo condenan. Sin embargo, yo sé que es inocente, absolutamente inocente y puedo demostrarlo, si consigo lo que, estoy convencida, es la prueba que me puede llevar hasta el verdadero asesino de Clara Sandoval. Solo será una breve introducción y van entender por qué estoy aquí y por qué trato, desesperadamente, de requerir su ayuda.

Hacía unos meses, con Clara habíamos iniciado una fuerte relación afectiva que ambas considerábamos un lazo de unión luminosa; apenas pudiéramos resolver asuntos vinculados a sustentos materiales teníamos planeado vivir juntas. La tarde en la que la mataron habíamos combinado pasar la noche en su departamento. Debo ser de los pocos, si es que existen otros, que se ha convencido de la inocencia de Aldo; he analizado su declaración ante la fiscalía y coincide hasta en los más mínimos detalles con lo que me contó después que le levantaron la incomunicación. Él alquilaba en un piso de arriba, éramos amigos, hemos compartido horas divagando sobre nuestros proyectos, Clara, con su pasión por la poesía, Aldo, y sus avances en el campo de la actuación, y yo, con la idea de fundar una empresita dedicada a la fabricación de juegos de cubiertos, platos y hasta floreros con materiales recuperados. Había una circulación de ternuras, una fraternidad en la que nos apoyábamos los unos a los otros. Era nuestro amigo y confidente de la primera hora y quien nos brindó apoyo y consuelo para enfrentar lo que se venía con nuestras familias, con el mundo y sus entornos. Aldo la oyó gritar a Clara, no era la primera vez; una cucaracha o una araña que aparecían, de golpe, era suficientes para que entrara en pánico, por eso él fue, sin imaginar lo que estaba ocurriendo; cuando estaba en el palier alguien que sale desde adentro del departamento lo atropella y se escapa escaleras abajo; cuando vio a Clara tendida en el piso con el cuchillo clavado a la altura del cuello, no dudó en auxiliarla. Lo que sigue es de lo que se ha convencido la inmensa mayoría sin que haya, hasta ahora, la posibilidad de conmover ese bloque de concreto.

Hay algunos indicios en contrario, mi pedido está vinculado con la posibilidad de probar mis sospechas. Me costó recuperarme del impacto que me produjo el asesinato de Clara; cuando el juez, con la celeridad impuesta por la apremiante demanda mediática liberó la clausura del departamento me animé a entrar; ese mismo día, al salir, me crucé con Brian un muchacho que nos conocía, hacia el *delivery* de una casa de comida y nos atendía a menudo. Estaba nervioso, diría espantado, mientras hablaba miraba a todos lados como si estuviera siendo vigilado; la tarde en que mataron a Clara, él estaba llegando a entregar un pedido en el primer piso, cuando estaba subiendo la escalera un tipo con buzo y capucha, que le cubría la cara, lo llevó por delante violetamente, en el apuro se le cayó un libro que Brian recogió con la idea de devolverlo, el sujeto ya se había esfumado. Una vez que tomó conciencia de lo que había sucedido, esperó la oportunidad para dármelo y aquí lo tengo, *Las aventuras perdidas,* de Alejandra Pizarnik que en 1958 publicó la editorial Altamar. Brian se negó a dar testimonio, aducía su condición que tenía vencida la visa; principalmente era evidente que suponía que cualquier intento de incriminar a ese desconocido podría redundar en una represalia para él. A los pocos días renunció al empleo y nadie me ha podido orientar por su paradero. Pidió cobrar su quincena un viernes y tomarse un fin de semana libre. Nunca regresó.

Conocía cada rincón del departamento de Clara y, en especial, conocía cada uno de los libros de poesía que se acumulaban en los estantes, hemos pasado horas interminables leyendo esos textos, ella tenía un tesoro que había sido el núcleo generador desde que se fue gestando su pasión por la escritura poética. Su tía Elena le había regalado las ediciones originales de los cuatro primeros libros de Pizarnik *La tierra más ajena* de 1955. *Un signo en tu sombra* también de 1955. *La última inocencia* de 1956 y *Las aventuras pérdidas* de 1958. Después de hablar con Brian exploré la biblioteca, faltaban los otros tres libros.

Esta es mi conjetura: como no había signos de violencia en la puerta y ella jamás le abrirá a un desconocido, su asesino era de un grupo de personas relativamente cercano, luego en algún momento, Clara lo dejó solo, pudo haberle ofrecido algo de tomar y fue hasta la cocina o al baño y al regresar lo sorprendió cuando la estaba robando, su objetivo no era matarla sino apropiarse de esos libros, agrego que el otro indicio, el asesino es alguien con algún conocimiento del valor de lo que se llevaba.

Mi idea es que existe la posibilidad de que con Aldo, prácticamente condenado, se sienta protegido por la impunidad y pretenda venderlos, o que ya los haya vendido; me alienta la posibilidad de que han pasado unas cuantas semanas, todavía estamos a tiempo. Esa es la ayuda que vengo a solicitar, he apelado a unos cuantos vendedores de libros como ustedes, si alguien los ofreciera en venta o que ya lo haya hecho, no pretendo más que me informen, alguna pista que me permita identificar al sujeto. Aquí está mi nombre y mi número de celular. No solo es el asesinato de

Clara, hay que sumarle que un inocente va a ser condenado a prisión perpetua».

Pasajes

Los horarios habituales que escanden mi vida se habían extraviado, me quedé sin explicación para el desorden repentino revelado cuando levanté la vista de la libreta en la que venía escribiendo y descubrí que había saltado de un día a otro sin darme cuenta. El bueno de Julio permanecía inmóvil, consumando el elogio a Macedonio de su "no todo es vigilia la de los ojos abiertos"; movido por un arranque, asimismo inexplicable, decidí salir a cenar.

Era más de la una de la mañana y las vidrieras de la calle Florida se mantenían custodiadas por las cortinas de metal, los quioscos encapotados postergaban la fascinación de las tapas coloridas y el murmullo altisonante de los titulares de los diarios.

Al dejarme llevar por el deseo de vagar, abandoné los atavíos de flâneur con su carga de expectativas y me pasé al bando de los noctámbulos. Se supone que la ciudad es un fenómeno del espacio y no del tiempo; deambular a esa hora por una calle tan transitada, en mi cotidianeidad, parecía demostrar lo contrario.

Por la mirada como el sentido más nómada pude trepar por los cables de alumbrado hasta abarcar el horizonte; husmear por ventanas entrecerradas y terminar hurgando en las grietas del pavimento; la oscuridad me habilitaba a una exploración mediante los sentidos más allá de la vista, no fue solamente la oportunidad de liberarme de la hegemonía de la mirada, también fue la ocasión de explorar muchos otros paisajes sonoros, gustativos, táctiles y olfativos alentado por la soledad casi desértica interrumpida por algún que otro transeúnte pasando a mi lado o asomado en la lejanía de un cruce iluminado tenuemente por las luces parpadeantes de rojo a verde incrustadas en algún androide muy delgado. Sin importarme demasiado el frío que me subía desde los tobillos hasta el alma, iba hacia un restaurante que permanecía abierto hasta muy tarde, conforme avanzaba en las calles aledañas los senderos se bifurcaban para contradecir el rechazo borgiano a la verosimilitud, las esquinas se multiplicaban y la traza que iba diseñando se asemejaba a los vericuetos empecinados de la trama en formación abandonada hacía apenas un rato.

Desde el principio, desde mi "entonces se hizo la luz", desde el "he sido arrojado y busco amparo", para salir de esa intemperie me refugié en la ciudad, sin compartir esa idea que se impone a la atención de todos como una catástrofe: el darse inesperado e imprevisto de una vertiginosa y violenta alteración de la existencia humana, capaz de influir sobre los horizontes de la vida de los hombres traducido en la repetición de un inevitable desarraigo; más allá de las penurias personales que me fueron sacudiendo nunca han sido, las ciudades en las que he vivido, lugares inhabitables e inhóspitos. En efecto, Buenos Aires o Florencia son inseparables de mi identidad, de ese deambular en constante errancia.

Las emergencias que fui enfrentando, circunstancias imprevistas que provocaron señales de peligro, de alarma, como la aparición de lo inesperado; aquello oculto, sumergido y encubierto, que salía abruptamente a la superficie han sido sin excepción acontecimientos propios de la vida ciudadana.

Es lugar común la idea de que la gran ciudad parece casi lo otro de los lazos humanos considerados naturales; no tengo dudas que, por la razón sin ayuda que el territorio de la ciudad no se me presenta como lo otro, sino como lo mismo, puesto casi al desnudo, como si fuera la contraparte de un Jorge Cáceres en tránsito.

En alguna rendija de mi memoria había quedado en estado de espera la idea de imaginación sociológica, que podía traducirse como la capacidad analítica de vincular las tentativas personales con las estructuras sociales colectivas. En consonancia con mi disposición para fusionar mi existencia con el gran conjunto de dilemas que asediaban el progreso de mi escritura.

Así como cada historia tiende a situarse en la sintonía más adecuada con un género literario en el que mejor puede desplegarse, cada lugar de la ciudad tiene su propia voz y requiere de un género literario particular para relatarlo; la noche y los enigmas que iba adhiriendo a cada tramo de mi recorrido no me daban otra alternativa más que el de la novela policial para conservar el equilibrio entre las dos dimensiones sin poder zafar de un género que fuera capaz de dar cuenta de una diversidad configurada en múltiples planos.

La literatura emergía como un modo de resistencia para historias que, de otro modo, quedarían silenciadas por el recuento equivocado de una urdimbre insertada en otro registro genérico, el de una única voz y una sola versión de las cosas para ser contadas.

Tal vez esa simetría del panorama de una urbe en plena noche con mis notas y su desplazamiento me convencía que un espectáculo de esas características se ajustaba al único género literario en el que aún es posible deliberar acerca de la verdad como componente de la ficción.

Contrariamente a la percepción de una ciudad casi deshabitada, el interior del restaurante me devolvió la certeza de que los noctámbulos solían vincular sus hábitos con el placer; las mesas estaban ocupadas casi en su totalidad, uno de los mozos me hizo un guiño ofreciéndome un lugar cercano al fondo. La perspectiva me permitió deslizarme sobre aquel escenario, era como si los actores hubieran acordado componer correspondencias, las voces parecían haberse despojado de los tonos altisonantes de las horas del día, incluso los gestos adquirían una mesura que los revestía de insinuaciones y sutilezas.

Apegado a las instrucciones de un director imaginado, bebí la primera copa de Malbec, pausadamente, y asumí el rol que me asignaron, abandonando mi insistencia de voyeur.

La primera estación de regreso a mis divagaciones en progreso fue el libro único de Miranda. Buscaba un ejemplar del que tenía referencias imprecisas acerca de su formato, incluso del diseño de la tapa; obvié esos pormenores y fabulé anticiparme para especular acerca del modo en que el modernismo había inscripto su impronta en la deriva de su escritura. Pensaba que la marca más difícil de borrar de un estilo personal en un libro era la hondura de la experiencia humana moldeada a través de una poética sin concesiones, es decir, sin interferencias que la hicieran un catálogo de misceláneas, y quizás también el rigor para dar cuenta de la capacidad de trasladar unas pocas vivencias esenciales a una variedad de figuraciones y motivos líricos.

Para un escritor que ha asumido el modernismo como la lengua única en la que va a expandir su voz, y Miranda fue siempre consecuente con esa línea, asumiéndose como un epígono en el sentido más pleno y más noble del término, el oficio debe haber tenido una importancia extrema, vigorosamente vinculado a la falta de arrogancia y pretensión personal que es imprescindible en el ejercicio de cualquier artesanía y Miranda se pensaba, según creo, no como un insigne hacedor sino más bien como un artesano constante y tenaz.

Sin resignarme a la continuidad del recorrido, con las resonancias de mi pensamiento tentativo en la obra de Miranda, fui abandonando la consistencia de lo que suponía era su palabra, fui adentrándome en los dificultades de lo que había abandonado hacía menos de una hora cuando avanzaba con rapidez con el relato instalado en una trama que parecía dictada por la urgencia de decirlo todo cuanto antes, cuando todavía tenía tiempo.

Los personajes irrumpían en las secuencias sin alcanzar un diseño acorde a las acciones que ejecutaban, me dejaba atraer por la sugestión de individualidad conocida, pero al trasladarlas al relato se me presentaban a la lectura como subjetividades ensimismadas y como muelles de tanto contemplarse a sí mismas.

Además el tiempo verbal derivaba con frecuencia del pasado al presente, como para acelerar el apremio de la historia, y las frases contradictoriamente se hacían extensas y complicadas por derivadas e incluidas que a su vez eran cortas y esquemáticas; entre bocado y bocado me fue ganando la sensación de que la narración era un vasto collage de apuntes que habría que desarrollar más tarde.

Al salir el manotazo de una ráfaga de viento me puso al corriente de que la calidez confortable del adentro había quedado atrás, me calaba el frío impiadoso de la madrugada. Como tantas otras veces la remisión a lecturas retenidas en mi memoria estableció el otro pasaje de un presente en el que debía apurar el paso a un pasado extendido abriendo un abanico de posibles enlaces de amalgamas que se escurrían hacia modos de articular los sucesos. Ese retroceso tuvo un inicio no muy original, desde algún estante se asomó *Caminar,* el ensayo de Thoreau, donde afirma que las ideas surgen mejor en un espacio abierto que en un espacio cerrado. Había copiado literalmente aquella frase que regresaba indeleblemente tallada, la repetía como si fuera una réplica de San Ambrosio observado por Agustín de Hipona,

"Bonaparte puede hablar del valor de las tres de la madrugada, pero eso no es nada comparado con el valor necesario para quedarse sentado alegremente a la misma hora de la tarde, cara a cara con uno mismo, con quien se ha estado tratando toda la mañana". Al desertar de mi escritura aceptaba no haber estado a la altura del desafío. Sin embargo, no era más que un primer movimiento de un gesto retroactivo, había llegado a *Caminar* empujado por la lectura de *Walden.*

Las páginas eran una exégesis de la vida solitaria, que reforzaba mi placer por el aislamiento, aunque no compartía del todo su entusiasmo por la naturaleza. En correspondencia, atravesaba a cielo abierto las cuadras que me separaban de la oficina, como pregonaba en *Caminar,* necesitaba imperiosamente de mi hábitat ciudadano, era como si Baudelaire y Benjamin vinieran en mi auxilio para enmendarle la plana, lo mío era la ciudad y los libros. No obstante, seguía sosteniendo ciertas coincidencias, para Thoreau, hay trabajos que ennoblecen y otros que degradan; unos que causan frustración y angustia, no dejan tiempo para vivir, y hay otros trabajos que son poéticos. Trabajos que embrutecen y trabajos que dignifican, como las miles y miles de páginas que escribió en su diario personal por el placer de hacerlo; me detuve para revisar si mis notas eran algo más que un regodeo y me conformé a mí mismo con la intuición de que tenían más de salvación que de otra cosa. Llegando a la Galería, mi regresión recaló en *Brooklyn Follies* la novela de Paul Auster en la que había subrayado una línea sumando un signo de admiración en el margen: "Pobre de aquel que se olvide de Thoreau". Sin embargo no había sido tan solo un recorte, el protagonista piensa escribir *El libro de las locuras de los hombres* donde va a contar lo que pasa a su alrededor, lo que le ocurre y lo que se le ocurre, y hasta algunas de las historias caprichosas, disparatadas, verdaderas locuras de personas que recuerda. Uno de los personajes con el que más se relaciona es un vendedor de libros usados; no debía justificarme por la permanencia en mi memoria del libro de Auster.

El último tramo en la penumbra de los pasillos contrastando con la caja iluminada el ascensor fue un regreso a *Walden,* Thoreau acicateado por el deseo de explorar el fondo de un charco, para inspeccionarlo cuidadosamente, con la intención de contraponer la experiencia de indagación concreta con las historias sin fundamento que aludían a la ausencia de fondo, de un charco con una profundidad insondable. Para rematar que traspasando el barro y el fango de la opinión, la liviandad de afirmar un inasible no fondo se debe contraponer la determinación terca de llegar el fondo de las cosas, de presentar un hecho y alcanzar una afirmación sobre la que no haya dudas.

Julio perseveraba en su credo macedoniano, me fui acercando a la libreta de notas que había quedado abierta con la estilográfica cruzada sobre las páginas a medio escribir. Hice un regate para retomar impulso, quedarse a la mitad era una alternativa para desandar lo andado, me dispuse a repetir el itinerario retrospectivo que me había llevado de lectura en lectura hasta situar el inicio de un enlace de reenvíos.

El libro de Pizarnik, con la huella de sangre que me había traído de Maldonado se enlazaba con la búsqueda de referencias acerca de las dos tarjetas encontradas en un cuaderno *Rivadavia* de Nicasio Carranza; la idea de que aquellos nombres me podrían acercar al descubrimiento de un presumible intercambio epistolar entre Onetti y Kostia me remitía a ese punto de partida: las dos cartas adheridas a la primera edición de *El pozo*.

Era el designio de encarar la propia vida como si fuera el relato me empujaba a la obligación de escribir como prioridad por sobre mis actos y decisiones.

Mi querido Ítalo:

Aquí te encajo el primer libro de tu amigo que sale al mundo. Ya has fatigado sus versiones preliminares y no te has privado de darme tu opinión; ahora no te queda más que la obligación de leerlo en un formato inapelable y definitivo. Las voces más cercanas las de Casto Canel y la de Mlle. Vibert son elogiosas y acaso condescendientes. En cuanto a mí, yo frente al libro, una desilusión. Ni frío ni caliente; me es completamente lo mismo que se haya publicado o no, que sea un capo lavoro, *un libro despreciable o una cualquiera cosa de ésas que me llegan a la redacción de Marcha con dulzonas dedicatorias. Lo peor que te confieso y espero que vos sabrás comprender: técnicamente, estilos y oropeles, es un adefesio. Me asalta la idea de que, quizás, creas que pude haberlo hecho mejor, como dice Faulkner: "Los que pueden actúan, y los que no pueden, y sufren por ello, escriben" por eso, para mí una cosa es la comunicación, brutal, sucia, espesa, lo que se quiera, pero me parece mil veces más verdadera, más mía, más caliente, que las cosas supuestamente bellas que pudiera escribir y que he escrito. Cuando fuimos con Arlt, a pesar de su juicio favorable, mi Tiempo de abrazar quedó en la nada. Por eso ahora, absolveme.*

Lo que más extraño de Buenos Aires son las largas tenidas en los cafés hasta entrada la madrugada, espero que sigan dándole a la palinodia de esos debates sin fin. Como te he contado en la carta anterior, mi hermano Raúl me juntó con

Quijano, que se largó como corresponde a su nombre a tirar abajo no molinos sino las sólidas banalidades que circulan desde este lado del charco, desde entonces mi pieza hacía las veces de secretaría de redacción atiborrada de libros, papeles, carpetas, primus y cama turca. Tengo a dos pasos el Boston, que no será el Malibú pero se las trae; me quedan siempre abiertas las posibilidades de moverne al Metro, al Tupí Viejo, al Hoyos de Monterrey o a algún otro café donde prolongar el trabajo y la tertulia. Acabo de leer Recheche de la pureté de Jean Giono, terminé Adiós a las armas y sigo traduciendo a Jack London. En la próxima te cuento la comedia de enredos que terminó con el Picasso de la portada en mi librito.
Largo abrazo para vos y largale un saludo a los colegas de la vieja caravana.
(Abajo hay un agregado manuscrito en letras de imprenta)
No voy a negar que la opinión tan favorable de Mallea me sacudió.
La carta está firmada ONETTI y refrendada al costado a mano.

Buenos Aires, 14 de abril de 1940

Querido amigo:
No pienso escapar al desafío de decirte, de la manera más descarnada posible, mi idea sobre tu libro, pero antes una pequeña introducción.
Como bien recordás en tu carta, en 1932, una racha de ragú te había empujado a mi casa de Flores, un fin de semana que fui a pasar al Tigre con M, te quedaste solo, cuando llegué el lunes a media tarde me dijiste palabra más palabra menos: "Tuve un sábado y un domingo horribles, loco de ganas de fumar, me era imposible los milicos

cierran todo, y en un ataque de malhumor me volqué a escribir estas treinta idos páginas. Lo escribí de un tirón en una sola tarde. Me sale llamarlo El pozo" Por tu desorden y las sucesivas mudanzas lo diste por perdido. Viene al caso porque debo haber sido el único lector. Como te dije aquella vez, la nouvelle me gustaba, ahora la versión que publicaste me parece muy superior. Lo digo de entrada esquivando tus fintas para atajarte de un posible rechazo.

Hay un bascular muy poderoso en torno al interrogante ¿soy yo el que sueña en la noche? O, en otros términos, ¿soy un teatro en el que yo u otros representan espectáculos que participan de la cordura o del delirio? La dirección de la respuesta tomará sesgos diferentes de acuerdo con el sentido que se atribuya a la palabra "sueño". Para los románticos, el hombre debía aceptar los productos de su imaginación como manifestaciones válidas de sí mismo. De lo que se desprende que las fronteras entre el yo y el no-yo se tornaban difusas.

La de Eladio Linacero es una voz por la que se asoman de golpe, casi inevitablemente, un antihumanismo agresivo, con pretensiones iconoclastas y muchas veces deliberadamente sacrílego. Pero junto a esa voz de acusación y resentimiento, como resonadores divergentes, hay otras voces que no se dejan unificar en la primera, lo que produce una densidad significativa que desmonta la dirección única del grito y la amenaza. A diferencia de la novela de Céline que no está sostenida sobre un discurso único, la voz narradora de El pozo está atravesada por discursos contradictorios de un hombre a quien la experiencia de vida parece llevar a proferir su palabra desde el resentimiento. Se perciben en este magma narrativo los ecos tardíos de la revuelta romántica contra la Ilustración, es decir, la desconfianza ante las construcciones racionales en la política y en la moral a favor de la diversidad y de la diferencia. Todo eso es muy Juan Carlos Onetti, te he oído decirlo en tonos variados hablando en soledad, pontificando en los bares y en las notas que firmás con nombres inventados en Marcha.

Por mi parte estoy leyendo el Ulises con la ayuda de Matilde, que tiene un manejo del inglés que me permite distinguir las sutilezas del estilo de Joyce. Me lleva tiempo, pero creo que vale la pena. Siguen los conflictos con mi familia por las florerías, desaguisados de nunca acabar, no te voy a aburrir con mis pataleos. Mandan saludos y ditirambos varios Kopps y el Tola.

Al final hay una frase manuscrita. *Hasta pronto* y una firma que se puede leer sin dudar como *IC*

El pozo aparece a fines de 1939, de lo que puede deducirse que la carta de Onetti, que no está datada, sea de enero a marzo del 1940, en correlación con la fecha de la de Kostia del 14 de abril.

La reciente publicación de *Cartas de un joven escritor* en la que Hugo Verani compila las cartas que Onetti le envió a Julio E. Payró, tal como se indica en una nota al pie; lamentablemente las cartas de Payró no existen; Onetti no archivaba la correspondencia, incluso solía destruir sus propios manuscritos hasta que su cuarta esposa, Dorotea Muhr, comenzó a guardarlos en la década de los cincuenta. Lo que significa que, con seguridad, yo perseguía el rastro únicamente de las cartas de Kostia a Onetti, y quizás, por añadidura, si tengo la fortuna de hallarlas, que sean la punta de un iceberg si formaran parte de un conjunto mayor, que permanece ignorado y que podría entregar las reflexiones de un agudo lector y de un testigo privilegiado de las escenas en las que se asomaba los yacimientos de ideas y de proyectos de figuras notables como Arlt y Onetti.

Las redes con que se ha ahondado en la vida de Onetti habían recogido minuciosamente los avatares de vida y obra del escritor a partir de los años cincuenta cuando comienza asomarse a la fama; lo anterior ha sido apenas atisbado con una malla tan difusa que me permitía alentar esperanzas acerca de que, en varias de las muchas zonas sin escrutar, aún vírgenes, en alguno de esos rincones, se podía vislumbrar la residencia del hombre a quien estaba persiguiendo, sin que casi nadie lo hubiera registrado.

Apenas tenía un puñado de indicios que me permitían intuir una sucesión imprecisa de escenas breves, más o menos repetidas; con ellas sostuve mi proyecto de conjeturar mis exploraciones. Había una intensa sensualidad macerada en la discreción y el secreto que diseñaban en mi imaginación la idea de que había enfundado su pasión en una actitud sobria, distante, permitiendo que otros personajes se asomaran a la luminosidad del centro de la escena. La decisión de resignar una cercanía más inmediata, una posición más relevante, no era producto de un ánimo retraído sino la manifestación indeleble de la urgencia de dar forma a tensiones intelectuales valiosas. Por eso desde un principio vinculé su presencia con dos actitudes que pocas veces se encuentran juntas: retraimiento y desmesura.

No pretendía recomponer su historia, además de excesivo habría sido imposible; más bien me interesaba rescatar su testimonio tal como se manifestaba en la carta que tenía frente a mí. A los biógrafos de escritores, en definitiva, sólo les interesa tratar de develar el punto de empalme entre la vida y la obra; lo que persiguen es esa zona de contacto. La magnitud, la monumentalidad, la revisión de los más absurdos detalles, no tienen otro sentido más que la exigencia de la revelación de ese pasaje. Allí residen, para ellos, los restos indóciles y furtivos de la imaginación, el punto en el que la vida destila la literatura tanto como ésta moldea lo vivido. Yo intuía la posibilidad de rescatar una voz privilegiada que podía develar aspectos desconocidos.

En la insistencia se ponía en juego el descubrimiento de una verdad incontrovertible, una revelación que aparecía marcada por la impronta detectivesca, que examinaba pistas para la dilucidación de un misterio, lo que ha mantenido oculto. Y Kostia era una presencia intensamente ausente.

Tenía poco. Escarbaba en el vacío, apenas contaba con un elenco endeble de retazos, recortes, certidumbres frágiles, cuya articulación súbita o su efecto aglutinante de significado totalizador imaginaba mágicamente posible, casi por peso propio, dando lugar a una comprensión diferente. No estaba hurgando en los embrollos de un escritor, ni siquiera de alguien que había elegido la serena contemplación del satélite, sino que tanteaba la posibilidad de corporizar a quien había tomado como propia la admiración de otro, ejerciendo su misión como un reflejo de segundo grado.

Sobre lo que no tenía dudas era que Kostia debió estar animado de una combustión interna formidable, que se dejaba vislumbrar en el modo en que había impuesto su tarea, sin grandilocuencias, sin los gestos aparatosos del admirador que exige el reconocimiento de su capacidad de entrega a su ídolo. Arlt y Onetti lo trataban como un igual, ese era el rasgo que más me movía a perseguir sus vestigios.

Dejando de lado las menciones a *El pozo* y a otras las referencias literarias de sus lecturas, había señales que debería tener en cuenta para situar de manera más precisa las posibilidades de mi búsqueda.

Ante todo, la carta de Onetti estaba dirigida a Ítalo, y la alusión al encuentro con Arlt, habilitaban establecer que Ítalo y Kostia son la misma persona; asimismo no era arriesgado extender ese nexo al Juan Constatini de la dedicatoria de Arlt en *Las ciencias ocultas en la ciudad de Buenos Aires*. Los dichos de Onetti confirmaban antecedentes sobre los que se podían asentar pistas: la mención a *Malibú* y a las reuniones en los cafés, que vinculé con *El Foro* y *Politeama*.

Asimismo nombraba a la segunda esposa, María Julia como Mlle. Vibert, lo que me hacía suponer que Kostia la conocía y sabía de ese sobrenombre. Mientras que en la carta de Kostia la mención a Matilde remitía a Matilde Zagalsky, Tola a Invernizzi y el poeta Kopps, figuras importantes del grupo de amigos comunes. Para comenzar no es poco, pero aún eran hilos sueltos y conjeturas que exigían un entramado más sólido. Las cartas eran de la época en que Onetti se había trasladado a Montevideo; evidentemente los lazos de amistad eran firmes tal como se desprende del tono de complicidad que comparten. Todavía no había aparecido en el horizonte Julio Adín, su presencia era posterior y se iniciaría a mediados de 1943.

Viaje al comienzo de la noche

Cuando consulté a Roberto me sugirió que llamara a Dolly, la última mujer de Onetti; la voz sonaba tajante «Si me llama por Onetti, no se moleste, ya dije lo que tenía que decir y repetir me aburre.»; antes de que cortara la comunicación, en ese lapso que precede a las formulismos alejados de una falsa cordialidad, le comenté los motivos por los que quería hablar con ella, sin cambiar el tono seco pronunció dos frases y cerró el diálogo: «Venga a verme esta tarde. Si le dieron el teléfono también le habrán pasado la dirección». Después de tres horas de conversación y de la ilación de retazos dispersos, pude comprender aquel giro repentino.

Tras superar la vacilación descifrando sobre la hora de la tarde más conveniente para cumplir con el mandato, decidí que debería llegar antes de que oscureciera con la ilusión de prolongar el encuentro mientras hubiese luz de día.

La bocina melancólica de un tren que pasaba cerca me pareció la banda de sonido de una película de los cuarenta haciendo contrapunto con las calles desiertas del barrio de Olivos pobladas de árboles, que estaban allí desde un tiempo inmemorial, integrando un cortejo apropiado a los frentes elegantes que se asomaban tras prolijos jardines, extendiéndose, alineados como ilustraciones de una revista de arquitectura. La casa ocupaba una esquina, junto a la puerta enrejada me distraje persiguiendo las derivaciones del entramado de una hiedra deslizándose por un muro.

En medio de un sendero invadido por el césped que avanzaba sobre los bordes y las ramas de los arbustos estirándose hasta formar casi una pérgola, me recibió una mujer menuda de piel muy blanca que parecía desmentir la edad que su presencia me permitía deducir.

«Soy Nessy, Dolly ya viene». Dijo afablemente como confirmándome que había logrado traspasar una barrera complicada.

Atravesamos el vestíbulo de entrada con tres sillones, una mesa, un perchero, un mueble de mimbre con discos de pasta y un par bibliotecas separadas por un esquinero, sobre una pared había un cartón con una lista de anotaciones en diferentes colores, más tarde me iba a enterar que eran los nombres de los catorce gatos que compartían la casa y las edades correspondientes.

En un sala no muy amplia estaba Dolly de pie, alta y erguida con las manos apoyadas en el respaldo de una silla, los ojos azules me examinaban con dureza, un chal de lana le cubría los hombros; mientras repasaba mentalmente la introducción más adecuada para distender la sequedad con que me recibía, una sucesión de imágenes de esa mujer junto a Onetti a lo largo de más de cuarenta años desfilaron atropellándose unas a otras. Nessy pasó sigilosamente por detrás dirigiéndose al interior, el silencio se prolongaba y por último opté por ser directo, le alcancé mi tarjeta para refrendar mi afirmación de que no era periodista ni crítico, a continuación saqué de mi portafolios *El pozo* y se lo di junto con dos fotocopias de las cartas de Kostia y Onetti. Durante un largo rato estuvo ojeando el libro y, a continuación, leyó pausadamente las cartas. Cuando terminó, su gesto había perdido la rigidez del principio, me devolvió el libro e hizo un gesto de agradecimiento por las copias. Recién entonces, ofreció que nos sentáramos.

La mesa que nos separaba originalmente debió acordar con el espacio al que se integró; observaba la escenografía como si estuviera reconociendo las sucesivas capas de yacimientos geológicos, era evidente que la llegada de otros muebles la fueron acorralando, la lista incluía un televisor, una cómoda, una estantería con libros, una cajonera y un piano vertical junto a una lámpara de pie y una estufa de leña; esa aglomeración paulatina la había apretujado; al extenso inventario se sumaban innumerables portarretratos, floreros y una biblioteca repleta de libros y estatuillas de porcelana. Dolly no puso objeciones a que tomara nota en mi libreta, antes me había advertido: «Nada de grabadores». Y comenzó a hablar serenamente; de tanto en tanto hacía una pausa y la mirada se ausentaba como tratando de capturar algún recuerdo. Discretamente, Nessy se situó en uno de los sillones acompañando el relato con movimientos de sus manos y esbozando algunos gestos apenas perceptibles.

«A Kostia no lo llegué a conocer, con Juan empezamos a salir a mediados de los cuarenta y por esa época él ya no participaba del núcleo de sus amistades. Mucho más tarde, cuando Ricardo Piglia publica un cuento en el que lo nombra, a Juan le resultó inaceptable cómo lo representaba, incluso luego de que Piglia le aclarara que no era más que una referencia ficcional, siguió un largo período en el que, de vez en cuando, Juan manifestaba su disgusto. En esos meses, frecuentemente me contaba anécdotas acerca de Juan Ítalo Constantini; Roberto Arlt, por aquellos años, lector apasionado de Dostoievski, lo bautizó Kostia, diminutivo en ruso de Kostantin. Las cartas son anteriores a que nos conociéramos con Juan. No puedo colaborar con la búsqueda en algún sentido; ellos compartieron un cuarto a principios de los años 30, fueron cercanos en una etapa que abarca hasta la época que le acabo de comentar; no tengo la más mínima idea de algo valioso que le sea de utilidad; en relación con las cartas estoy segura que no queda nada de parte de Juan.

Juan se carteaba con sus amigos de Montevideo y Buenos Aires; eso ya se perdió, por una parte por las múltiples mudanzas y, por otra, a Juan no le interesaba guardarlas. Alsinita fue el último de la vieja barra de la alegre caravana, esto lo cito literal de sus dichos, que quizás tuviera algún recuerdo de Kostia o de su familia, murió en el 2005. Ya no quedan inéditos de Onetti, lo que había se publicó en 2009 por el centenario de su nacimiento y los originales que se conservan están en Montevideo, en la Biblioteca Nacional. Esta carta que descubrió por casualidad, creo que debe ser un caso único.

El bueno de Hugo Verani hizo la compilación de la correspondencia con Julio Payró, solo de las cartas de Juan, las de Payró se perdieron. Además, rechazamos la propuesta de Idea de publicar su intercambio epistolar, así lo nombraba, con Juan, ella había conservado las copias de todo, sin embargo consideramos que había pormenores de la intimidad que no agregaban nada a la obra de Juan. No quisiera desalentarlo pero es muy difícil creer que su hallazgo sea el principio de algo más que lo complete, a Kostia se lo devoró el olvido y es demasiado tarde para remediarlo.

En 1955 nos vinimos a vivir a Montevideo y ya no nos separamos más. Fueron años estupendos. Juan tenía cantidad de gente amiga, escritores, íbamos a los bares. Era muy sociable. Yo además salía de una especie de ostracismo, de diez años de clandestinidad, y meterme en ese ambiente de literatura, donde el mundo lo quería a Juan admiraba, fue maravilloso.

Fue cuando nos casamos y ya no nos separamos. Por ese entonces comencé a pasar a máquina y a conservar sus originales escritos a mano, que él siempre había desechado. Los atesoraba, eran suyos y descartarlos me daba pena.

Juan novelaba todo y no le preocupaba que los demás confundieran su imaginación con la realidad. Usted trajo a colación a Julio Adín, uno de los compinches más asiduos de las correrían de Juan, un día lo llama a su casa y le dice: "Escucha, no digas nada…Stein ¿te parece bien? Julio Stein", el nombre del personaje tenía una serie de características de su amigo; el apellido salió de una novela de Conrad, Stein era jefe de Marlow en *El corazón de las tinieblas*. Me lo contaba en secreto riéndose de su embrollo, como cuando le respondió a Ruffinelli acerca del enigma de la mujer joven en *Los adioses*.

Con Julio compartieron hasta las novias, había un límite que Juan no aceptaba que nadie traspasara; cuando una mujer le importaba de verdad esa regla no regía. Lo sé por propia experiencia, ya había un antecedente: una noche que fueron a bailar al *Marabú*, ellos dos con la holandesa, su tercera esposa, y Julio la llenó de atenciones en abierta competencia con Juan; algunos años más tarde repitió el juego conmigo. No tuvo en cuenta que en el mundo erótico de Onetti cuando realmente importaba para él el ejercicio del sexo como dominio no admitía esos desvíos: nunca se lo perdonó. Estando en Madrid el compromiso de Juan con la causa palestina produjo una ruptura definitiva con Julio, creo que de no mediar ese resentimiento afectivo, no hubiera llegado tan lejos. Al poco tiempo, Adín se mudó a Israel, donde murió hace poco.

En 1960 me dedicó su libro *La cara de la desgracia*: "Para Dorotea Muhr, ignorado perro de la dicha". A mí me gustó. A mi madre no le gustó nada. Pero él me lo explicó. Era como la sorpresa de que un perro podía dar mucha felicidad. Él adoraba a los perros. Mi mamá decía: "¿Qué es esto? ¡Vos no sos un perro!" Me preguntó si estaba de acuerdo y yo dije que sí. Es muy original, una muestra de amor. Es simplemente decir cuánto amor puede dar un animal. Había un Onetti ignorado que se animaba a mostrase en la intimidad, retraído y encerrado en sí mismo; quizás unos pocos se hayan asomado a ese abismo. Solía repetir una frase de Céline: "Llegar al máximo de sufrimiento para ser uno mismo hasta el final."

A principios del siglo pasado, Hans Muhr se fue de Austria, donde había nacido. Quería ser músico y su padre, dueño de viñedos, no lo dejaba, de modo que partió a Inglaterra. Al llegar allí se desató la Primera Guerra Mundial y, para evitar que lo mandaran al frente, pensó en cruzar el océano. Un panadero le prestó plata para un pasaje a Nueva York; no había pasajes y se decidió por Buenos Aires. Por su parte, su abuela inglesa, se casó con un francés y viajó a también a ese puerto lejano de América del Sud. Cuando empezó la guerra el francés marchó a luchar, donde lo mataron. La mujer se quedó sola, primero con tres hijos, un varón, dos mujeres; después con dos porque una murió de meningitis. La otra, Dorotea, le decían Dodo, se hizo mujer, y en 1924 conoció a un austriaco que se ganaba la vida dando clases de inglés; era mi padre, se llamaba Hans, Juan un destino, para mí de un extremo a otro de mi vida habrá el mismo nombre. Él hizo esta casa. Acá había un baldío. Le puso Villa Dodo por mi madre. A mí me decían Dodita. La única que me dice Dodita es mi hermana. Para el resto soy Dorotea o Dolly. Que no me gusta. Es muy cursi. Inés que nació en 1928, siempre fue Nessy.

Hans fue viajante de comercio, trabajó en una empresa de acero, aunque sólo le interesaba la música. Tocaba el cello. Con la música no podía mantener a una familia. Yo empecé a tocar el piano a los siete años, cuando Nessy tuvo cinco me dijo: "Vos salí". Me echó. Entonces me fui a tocar el violín con papá y ella se quedó con el piano. Fue perfecto, a mí me encantó estar en las orquestas.

En una habitación del piso de arriba, archivé el violín que tocaba en la Orquesta Sinfónica de Madrid, ya no más. Ella es una pianista increíble, el verdadero genio de la familia.»

La voz seca y el tono adusto había ido desapareciendo a medida que se adentraba en el pasado, lejos, como en una isla remota habían quedado las cartas y Kostia, acaso mi silencio había provocado ese regreso a la nostalgia. Un deslizamiento que asociaba los fragmentos evocados uniéndolos como si unos promovieran los otros y el pasado se fluyera como un suave declive. Nessy sin que apenas se notaran sus movimientos trajo una bandeja con tres tazas de café y con un ademán invitó a servirme.

Antes de irme, y cuando intercambiábamos frases rituales para perforar el silencio, me llevaron a la sala de música que Hans Muhr construyó para su hija menor, era la habitación más grande y mejor ubicada de la casa con varias ventanas que daban al jardín. Allí, en medio de sillones, sillas, taburetes, mesas, bibliotecas, vitrinas y dos pianos de cola, ella estudiaba y daba clases a más de treinta alumnos. A un lado de la sala, bajo la escalera que llevaba al piso de arriba, estaba la cocina pequeña, oscura. A los pies de la heladera siempre hay recipientes con comida para gatos, que se movían entre mis piernas con suaves ronroneos Recordé los listones de colores, al entrar, eran los nombres de los catorce gatos, de diferentes edades.

La despedida fue casi en silencio, cuando estaba a punto de cruzar el portón de salida, acercándose, Dolly murmuró unas palabras que no sé si me las decía a mí o era una oración de un rito personal: «Después que murió Juan, me analicé durante diez años. Y me di cuenta de la búsqueda de papá a través de los hombres de los que me enamoraba. Mi padre usaba chaleco, y Juan se ponía su chaleco y me decía: "Te gusta, ¿no?" Era como volver ahí. A eso. ¿Te das cuenta? Juan entendía a la gente».

La noche anticipada del invierno alentaba las sombras vacilantes que los faroles empujaban en las veredas y en el empedrados de las calles, eran tan recientes los recuerdos que se mezclaban con mi andar; me subí las solapas de gabán y me decidí a no aceptar la comparación pedestre de las sombras como espectros, posiblemente por un oscuro deseo de remate artístico, la bocina de un tren irrumpió para atraer la escena del comienzo. Dolly había vuelto para visitar a su hermana por unas semanas y había postergado su vuelta a Madrid quedándose en esa casa en la que se acumulaban tantos vestigios de su pasado.

El territorio del conocimiento es una isla asediada con lindes inalterables. El estrecho ámbito de la memoria queda rodeado por un océano de oscuridades; mi tentativa estaba impulsada por la voluntad y la utopía, en esas aguas inexploradas algunos bloques lanzados a la deriva y difuminados por las neblinas me encandilaban con la vana ilusión de consumar algún descubrimiento.

Dos axiomas enmarcaban mis vivencias, ante todo, recordar con una memoria ajena es una variante del tema del doble pero también es una metáfora perfecta de la experiencia literaria que no es sino construir una memoria personal a partir de pensamiento y recuerdos de otros.

En la oficina, ya entrada la madrugada del día siguiente, tras indagar sobre algunos supuestos de Dolly, pude entrever una particular simetría. La negativa a publicar las cartas de Idea Villarino y Onetti era una especie de conveniente camuflaje de una situación más compleja que la expresada por la excusa de que la intimidad no aportaba nada a la obra del escritor.

Inés Larré Borges, en un extenso artículo, señalaba que la clasificación era, de todos modos insuficiente, no solo porque había cartas en fechas intermedias que quedaban fuera de esos ciclos, sino que en ambos, el ejercicio de la correspondencia desbordaba el formato carta. Aun reconociendo como carta a un poema o a un fragmento de Diario que es ensobrado y enviado, –recursos frecuentes en Idea–, sino el ritmo epistolar del que habla se sostuvo también entre Idea y Onetti a través de otros gestos discursivos asimilados o esgrimidos como "mensajes". Lo fueron las dedicatorias de sus libros, –de *Los adioses* en 1954 y de los *Poemas de amor* en 1957– que fueron ofrendados, retirados, reclamados y restituidos con deliberación.

Alentada por la ceremonia del café, Dolly tomó de un estante un libro, *Confesiones de Santa María*, publicado para recordar los cien años del nacimiento de Onetti, contiene fotos, reproducciones de manuscritos. Pasaba las páginas y me informaba: «éste es Juan peleándose con su hermanito por un caballo de madera. Éste es Juan jugando con globos. Éste es Juan apuntándome con una pistola de juguete». Sólo hay tres fotos suyas con Onetti: una, tomada en Xalapa en 1980; otra en la que él está de perfil y ella, detrás, de espaldas y fuera de foco, toca el violín. En la última, Onetti, con traje y cortaba, mira a cámara. A la altura de su hombro la cabeza de Dolly: el rostro suave de la juventud, los ojos de misteriosos párpados adormecidos, la boca entreabierta. Parece encantada, un rostro perfecto mirando sin ver. Onetti, la mano abierta sobre la frente, le sujeta la cabeza como si estuviera despegada del cuerpo, como si esa cabeza fuera suya.

Finalmente posó un dedo sobre la foto de Onetti con Idea Vilariño, tomada en Madrid. En la imagen, ella apoya las manos sobre los hombros de él, que mira a cámara, en manos de Dolly, con rictus de misteriosa excitación.

Por única vez se había ocultado en un nosotros para justificar su veto a Idea Villarino; acaso como Onetti con Julio Adín, secretamente no aceptaba ciertas concesiones.

Fui hasta el depósito; junto a los estantes revisé las páginas de *La vida Breve* hasta volver sobre una cita subrayada: "Aprovechaba las pausas para contemplar el perfil asexuado, la nariz recta, los ojos enceguecidos bajo el caso de pelo rubio y rizado; la sensualidad, escasa y trágica, le rezumaba por el ángulo de la boca". Brausen describe su encuentro con la violinista trasbordando la vivencia del propio Onetti cuando vio, por primera vez, a la violinista en la calle.

La mujer violín, aquella que sólo funcionaba con uno, era la ambición de seguridad que condensaba su concepción del amor, me asaltó la idea de que la simetría que componían las actitudes de Onetti y Dolly con Adín y Villarino, también exponía una posible inversión, la mujer violinista interpretaba al hombre escritor como su mejor y más perdurable instrumento.

El ajustado repaso fue acompañando la puesta en narración de las notas, apuntando a que la memoria reciente hiciera sus aportes; al final, pude comprender medianamente el cambio de actitud hacia mí de Dolly a medida que fue leyendo las cartas y comprobando que no perturbaban su construcción del legado amoroso de Onetti, ni suponían la exigencia de un nueva interdicción.

Me servía de un elenco limitado de metáforas con el deseo de alcanzar una mayor claridad conceptual. En una de las pocas que he decidido conservar es la figura de una isla para el conocimiento. Esa tierra firme se asentaba sobre la experiencia, pero se veía circundada por un inabarcable océano donde los bloques a la deriva aparentaban ser otras islas habitables que invitaban, al navegante, a perseguir espejismos. Ir en pos de tales metas ilusorias me había obligado a abandonar un asentamiento seguro y naufragar sin remedio entre los fulgores de múltiples simulacros.

Recordar es un proceso que requiere recuperar la experiencia. La pretensión de avanzar sobre las zonas del pasado no registradas por la experiencia con meras ideas o pensamientos, equivaldría a pretender incrementar mi cuenta bancaria añadiendo ceros al dinero que no disponemos, realmente.

Me sitiaban los mensajes más impactantes emocionalmente provenientes de la voluntad que solapaban las escasas evidencias acreditadas que no podían emular con su precaria escasez la meteórica velocidad para expandirse de mi deseo de ir más allá de cualquier certidumbre. Las apariencias iban colonizando cada vez más terreno postergando lo que se presentaba como innegable gracias a los hechos alternativos y todo tipo de ocurrencias. Lo más lógico sería someter el conjunto de mi búsqueda a la crítica del entendimiento, cribando los datos y contrastando las fuentes. Pero me costaba resistirme a la tentación de no asumir esa tarea y dejarme tutelar por los cantos de sirena de una quimera grandiosa.

Botella al mar

El mail de Rufino era extenso, había asumido como propias las preocupaciones que le trasmití cuando pedí su ayuda para tratar de identificar quién había sido el vendedor de los libros de Pizarnik al librero de Tristán Narvaja.

Al ser agentes de una cultura de la evocación, frente a la imposición mediática de la novedad, quizás porque estemos asistiendo a los estertores de eso que conocimos como literatura y no hay mucho rescatable en las últimos años más allá del marketing que tanto nos incomoda a los lectores formados en la ancestral manía de leer, los profesionales de este metier *sabemos que el valor de libros como los de Pizarnik no se rigen por las leyes habituales del mercado, porque el precio depende de la posibilidad de cruzarse con el lector interesado en ese objeto en particular, ya sea un estudioso ya sea un coleccionista, a veces pueden pasar años sin que se muevan de los estantes a la espera de su aparición. Cuando llegaste intuí esa oportunidad y al parecer no me equivoqué, sin embargo, tu insistencia me anotició de un interés que excede lo estrictamente literario y se me puso entre ceja y ceja darle crédito a tu inquietud; espero que estas líneas te sirvan.*
En marzo el Centro de Letras Hispanoamericanas organizó un Congreso en la Facultad de Humanidades de la Universidad de la Plata, el prestigioso crítico literario uruguayo Anselmo Palencia Zárate, catedrático de la Universidad de Princeton fue invitado a dictar la conferencia de clausura dedicada a las poetas rioplatenses

de mitad del siglo XX. Palencia Zárate se había refugiado en un bar cercano para repasar los últimos detalles de su exposición cuando se le presentó una persona, muy amable que, tras disculparse por la intromisión, le pedía distraerlo por unos minutos para exponerle un asunto que, sin lugar a dudas, sería de su interés. Sin más prólogos le ofreció en venta los libros de Pizarnik al tiempo que se los mostraba. La experiencia de Palencia Zárate le permitió advertir que el precio estimulado estaba dentro de los márgenes habituales, lo que contribuyó a atenuar lo inusual de la situación; además, el conocimiento de sus trabajos por parte de quien lo abordaba y la soltura con que se refería a tópicos específicos daba cuenta de alguien medianamente informado, a pesar de algunas superficialidades que no pasaban desapercibidas al escrutinio del catedrático. Quedaron en volver a verse por la noche en el hotel donde estaba residiendo para cerrar la operación; había reservado para ese viaje un monto asignado por la Universidad, destinado a adquirir materiales de investigación y consideró justificada la inversión. Una vez finalizado el Congreso cruzó a Montevideo para visitar a su madre y amigos. En esos días, se arrepintió de la compra porque, más allá del valor indudable de los volúmenes, Pizarnik no formaba parte de sus intereses inmediatos, su obra ha recibido una notable atención que se manifiesta en la nutrida bibliografía publicada en las últimas décadas, abocarse a su estudio exigiría un esfuerzo que lo iba a distraer de objetivos más inmediatos. Le planteó al librero que se encargaba de allanarle la búsqueda de publicaciones uruguayas que permanecían fuera del ojo voraz del gran hermano de Internet dejárselos en parte de pago de un extenso pedido. Gonzalo Ledesma hace años regentea su librería en el Parque Rodó y los domingos atiende en su puesto en la Feria Tristán Narvaja, en cualquier otra circunstancia hubiera rechazado de plano esa proposición, pero Palencia Zárate era uno de sus mejores clientes y le pareció inoportuno negarse. Entre Ledesma y yo hay frecuentes intercambios, hacía ya algunos meses que su cuenta mostraba un persistente saldo en rojo, de ahí que los libros de Pizarnik recalaron en el Espacio Chamangá para equilibrar el balance, sin que pudiera oponerme.

Palencia Zárate no se caracteriza por ser un gran fisonomista y en sus comentarios acerca del vendedor solo recordaba que era un hombre joven de no más de treinta años, un palmo más alto que él, con una luenga cabellera rubia y una barba harto tupida, esos fueron los pormenores que Ledesma pudo rescatar para satisfacer mis preguntas, respetando literalmente los dichos del catedrático.

La trama al revés

Acaba de suceder. Como si llegara un momento en que es necesario y natural tomar una decisión que se tomó hace mucho tiempo.
Georges Simenon

El estuche

Leí y releí, varias veces, el mail de Rufino. Antes intenté sin fortuna comunicarme con Gregorio; la posibilidad abierta por la indefinición de que su viaje a Coronel Dorrego era por unos días, me habilitó a privilegiar esa decisión para avanzar sobre mis obligaciones autoimpuestas. A renglón seguido me sumergí en la maraña de alternativas que quedaban pendientes de analizar, tras mi visita a la casa museo de Dolly y Nessy Muhr en Olivos.

Si no hubiera dado tantas vueltas y no hubiera tardado tanto en regresar a esa huella, no me hubieran causado esa impresión tan profunda como si la estuviera descubriendo por primera vez.

La postergación, aunque fuera breve, me permitió un ligero desapego; la música de Satie me mantuvo por un momento hipnóticamente concentrado en la melodía, inmerso en el insostenible artificio que se desvanecía en la continuidad.

Era un hábito personal ese desalojo al que me impulsaba la tregua que algunas melodías inducían bajo la ilusión de instalarme en un espacio inocuo del arte. Por el contrario, en situaciones de verdadera gravedad lo que demandaba de ellas era que esa suspensión con la vida misma actuara como un instrumento para fortalecerme en la intemperie agresiva de la realidad.

Entonces, de Satie no pretendía que alentara una huida, un exilio virtual, su música al entregar una exquisitez sin contaminaciones exteriores, mundos edificados a la perfección que envían tanto a la emoción pura de la forma y el frenesí de los sentimientos, también tocaba mi costado visceral, intervenía sobre mi cuerpo, estremeciéndolo con ritmos tan inmediatos como el de los latidos del corazón o el taconeo de los pasos, impulsando la desmesura del exceso incitándome a abandonar la parsimonia del voyeur.

Acaso arrastro, desde un indescifrable lapso del pasado, una sensibilidad excesiva hacia las fracturas amenazadoras de lo cotidiano.

Una compensación miserable de la edad es afirmar, con mezquindad, que el mundo está en decadencia, uno ya no es joven. Un grado de escepticismo es inevitable con el paso del tiempo, pero esas falsas atribuciones se derrumban, al menos para mí, ante la certeza de que una intrusión podría producir un efecto reparador.

Lo específico de la huella era atestiguar lo que ha existido o, al menos, constituir un indicio firme que más tarde o más temprano habilitara el pasaje de un enigma a su concreción en una identidad y un cuerpo.

No era la primera vez que me enfrentaba a la huella débil de un hecho, de una presencia o del envío a una presencia que no se ha borrado por completo, que estuvo oculta y puede dilucidar lo que sucedió atrozmente y ha dejado un rastro.

El estuche había permanecido sobre el escritorio, el nacarado gris plomo lucía el desgaste del uso cotidiano de más de un siglo y medio, en el centro conservaba el brillo irisado rodeando el grabado de un águila imperial con las alas abiertas, en el borde de la tapa una orla remataba en un monograma de dos letras góticas entrecruzadas. Lo abrí por primera vez desde que lo traje de la cueva de Sarkis, el día que apenas puse atención en aquella mujer; me calcé las gafas, la montura y las patillas doradas se adecuaban a mi rostro, comprobé que, acercando el papel a una distancia más corta de lo habitual, los lentes me permitían la lectura sin dificultad, lo repasé con una pequeña franela que los había acompañado en su travesía hasta mí; la felpa azul del interior tenía grabada una inscripción en alemán que era una ampliación del monograma del frente.

Mi mirada estrábica me ha preparado para apreciar el estado de tránsito incesante afecta las cosas, las personas, el mundo, disponiendo el espectáculo de su inevitable obsolescencia. Las gafas del siglo XIX no cambiaron esa dirección, simplemente la corroboraron, pero esa circunstancia no me absolvía de volver al mail de Rufino, me acerqué a la pantalla para ajustar el enfoque, pero antes, abrí el cuadradito de papel doblado en cuatro en el que Marina Domínguez había anotado el número de su teléfono celular y su dirección, en una prolija letra de imprenta, me eximí de reiterar una metáfora que ya había desenfundado páginas atrás, no había mar ni botella.

Me dispuse a considerar una cadena de supuestos, ante todo, los libros de Pizarnik eran los de Clara Sandoval; luego, el vendedor era quien los había robado y, en consecuencia, su asesino; por último, la huella le pertenecía y él no la había advertido o no la evaluaba como un riesgo. Cualquiera de los eslabones que invalidaba el encadenamiento frustraba la posibilidad de demostrar la inocencia de Aldo Bareiro.

No había razón para una conjetura si no aceptaba esos enlaces; por lo tanto, postulé una eventual certidumbre inicial. Quien había ofrecido los libros a Palencia Zárate eligió una opción viable para asegurarse que el comprador era alguien del exterior y además de obtener un precio aceptable por el botín, la eventual prueba que lo vincularía con el asesinato viajaría lejos de Buenos Aires. La descripción trasmitida a Gonzalo Ledesma reforzaba la idea de un individuo hábil, la barba y el cabello debieron haber sido un modo de disimular la fisonomía; sin embargo, había dos detalles que podrían constituirse como indicios, Palencia Zárate, en las imágenes de su sitio en Internet, parece como alguien de estatura mediana; cuando afirmaba que era "un palmo más alto que él", revelaba una característica que el vendedor no tenía posibilidad de encubrir. Luego, el cometario acerca de su competencia en temas relacionados con el área de estudio del catedrático, permitían inducir a un individuo con hábitos de lectura suficientemente complejos como para mantener un diálogo con un especialista; asimismo las superficialidades podían remitir a un estudiante de letras o a un aficionado con competencia en la crítica y la teoría literaria. A esa aproximación habría que agregar el hecho de que no se había precipitado para desprenderse de los libros y que no era desatinado postular que ese había sido el móvil de su visita a Clara. A pesar de que no debió imaginar el desenlace en el que se vio involucrado, al ser descubierto por Clara, tuvo la serenidad de mantenerse a cubierto de cualquier circunstancia que lo pudiera imputar; favorecido por la ocasional aparición de Bareiro y las consecuencias de su actitud al querer socorrer a Clara.

Otra vez Marina

Marina pasó de atender mi llamado con la cautela de quien espera una promoción publicitaria o el aviso del vencimiento de una deuda a una incontenible catarata de preguntas que se superponían unas sobre otras, no más oír que quien se comunicaba era un vendedor de libros, su voz se desarmó en tonos contradictorios. Una hora más tarde estaba en la oficina.

El descubrimiento de la huella sangrienta, que en principio me generó desconcierto y confusión tal como le plantee a Hebert en Montevideo, asistido por la tormenta de Santa Rosa que nos reunió en una noche extendida hasta las mañana siguiente, me empujó a la reescritura. La imposibilidad de recurrir a las notas de la libreta para recomponer el relato de aquella mujer abrió camino a una mayor libertad narrativa en la que se disolvía el hilo principal de la historia, en un ir y venir entre el pasado y el presente, entre pasados distintos, que se asemejaban a divagaciones, a discontinuidades, a entreveros y a desajustes de la memoria, al fluir tan incontenible como imprevisto de la rememoración. Mi formación de lector insaciable, y mis inclinaciones personales, han tenido una influencia decisiva al configurar la trama de mis novelas en la concordancia de los ecos y el retorno de los motivos, privilegiando la configuración de la forma, que podría cifrarse en la idea de estructura con las connotaciones de los cimientos hasta las columnas que soportan la pesantez y la consistencia de la diversidad y solidez de materiales comprometidos en su ejecución.

Lo que había ganado era una mayor aproximación a lo que Calvino llama levedad, dicho con el mayor de los respetos por el maestro italiano, esa fluidez con que corría mi escritura no desembocó en una urdimbre narrativa en la que en el ajuste de las partes no encajaran con soltura, sino en un diseño en sintonía con una variedad de modulaciones, de un ir y venir dejándose llevar por los procesos de la memoria y del acto mismo de escribir, con tentativas de nitidez para que las imágenes y las vivencias no formaran grumos siendo acordes con los silencios y los espacios en blanco.

Esa fue la sensación con la que me recosté la noche en que terminé de narrar las secuencias del encuentro que había ocurrido unas horas antes.

Como si fuera una paradoja, el día que Sarkis me regaló las gafas que descansaban sobre el teclado de la computadora, fue cuando la conocí, pero ni siquiera recordaba los rasgos del rostro de Marina, quizás como derivación de la contrariedad que me produjo su intromisión. Era más joven de lo que mi olvido me había conminado a imaginar; el pelo corto, la mirada triste y nerviosa enmarcada por profundas ojeras que no alcanzaban a alterar la belleza de las facciones. Venía de unos meses en los que el duelo por la muerte de Clara se había extendido por su desesperada búsqueda de una doble reparación, en primer término para su amada y luego para su amigo, que había sido culpado injustamente. Durante la conversación me trasmitió su vulnerabilidad y su fiereza, su propensión al desastre, sostenidos por un talento poco común que era la viga sobre la que se apuntalaba una sensibilidad particular para el sufrimiento y la injusticia.

Tuve el mayor de los cuidados, era consciente del daño gratuito que podía producir si mi explicación contribuía a enturbiar la atmósfera con exageraciones y falsas certezas o, en sentido inverso, a confundir el pesimismo sobrado o el escepticismo alarmista con la lucidez.

Al exponer los indicios traté de eludir las aseveraciones concluyentes, ceñí mis palabras a la prudencia sorteando en lo posible la falsa humildad. Me habría equivocado, una vez más, si hubiera mostrado ante Marina mis peores desánimos ante las evidentes dificultades que la esperaban. No me propuse ni ensalzar la excitación ni la pesadumbre.

A medida que iba enumerando mis ideas sus manos fueron aquietándose hasta que se animó a acariciar, primero las cubiertas, y luego a mirar uno a uno los tres libros de Alejandra Pizarnik, dispuestos en fila sobre el escritorio.

Por último, tras detenerse en la tapa de la edición de Botella al Mar, los entrecruzamientos de líneas rectas trasversales sobre un fondo rojo que configuraban un entreverado laberinto de sinuosos senderos rectos, abrió *La tierra más ajena* y fue directamente a observar en el reverso de la portadilla, la huella de sangre que había dejado parte de un pulgar. Me hizo un gesto como solicitando calma de mi parte, sacó del bolsillo un encendedor y aproximó la llama a la página del libro instantáneamente pude ver un nombre y una fecha en trazos de una tira verde azulada "Miriam – 19/11/61". A continuación puso sobre el escritorio la edición de Altamar de *Las aventuras perdidas* que traía en su cartera y repitió la operación con idéntico resultado.

Sus ojos brillaron intensamente, como anunciando el filo de un llanto, pero se recompuso y comenzó a hablar con una serenidad que, intuí, surgía de la comprobación de que no había fabulado una alternativa para atenuar el trauma que podría significar la muerte de su amada a manos de un amigo de las dos.

«Ahora estamos seguros, sin la más mínima duda que los libros que trajo de Maldonado son los que el asesino se robó del departamento de Clara. Su tía Miriam, devota lectora de Pizarnik, le había regalado estas cuatro primeras ediciones para alentarla en su pasión por la poesía; los ejemplares de su biblioteca los rubricaba con esa señal invisible, acaso era el modo de que sus marcas permanecieran intangibles pero a su vez no desaparecieran, quién iba a imaginar que terminarían siendo una prueba que nos conduzca hasta quien mató a Clara. Brian me dio este volumen que se le cayó al que huía del edificio, como es difícil contar con su testimonio porque nunca más pude verlo, acaso podría identificarlo y temía alguna represalia, debo aferrarme a esta confirmación de la que usted es un testigo privilegiado.

En estos meses que trascurrieron a ritmo lento pero vertiginoso, aunque parezca una contradicción solo así puedo describirlos. No voy a abundar en pormenores redundantes que sabe de sobra, pero irremediablemente no puedo evitar mencionar las barreras con las que choqué una y otra vez. Más allá del convencimiento y mi deseo, incluso de la buena disposición de algunos de sus colegas, no disponía de otra opción más que validar la posibilidad que acabamos de concretar. La potencia de las imágenes repetidas hasta el hartazgo por cuanto canal de televisión se encendía, los titulares de los diarios, el machaque brutal de las redes sociales, levantaron un muro sin fisuras; impenetrable. Hace unas semanas, por intermedio de un tío, logré que el abogado de un estudio importante se comprometiera a volver a atenderme si aportaba pruebas que sostuvieran mis afirmaciones; a ese respecto quisiera pedirle su colaboración, si me acompaña, sus palabras pueden refrendar lo que vaya a presentarles».

Dejó escapar un suspiro interminable, la tensión de su cuerpo pareció aflojarse a tal extremo que tuve la impresión que el esqueleto había dejado de sostenerla; sin esperar mi respuesta se levantó y fue hacia Julio que la había seguido con la mirada desde que entró, acordaron un saludo recoleto, un suave aleteo del axolotl y los dedos de Marina que se deslizaron por el vidrio de la olla. Después de que oyera mi consentimiento a su pedido, esbozó una lenta sonrisa que se asemejó a un suave parpadeo de los labios, y se dispuso a continuar.

«Lo realmente asombroso de la vida no reside en las realizaciones sino en la etapa en la que se paladean los sabores increíbles de los proyectos; un viaje es más excitante cuando se está planeando, cuando se imaginan los lugares en los se quiere estar, eso nos pasaba con Clara y Aldo, nos juntábamos y las horas trascurrían mientras nos trasladábamos territorios imaginados, éramos jóvenes; yo ya no lo soy, la juventud no es orgánica ni cronológica depende de la capacidad de levantar vuelo. Aldo ensayaba una obra que se iba a estrenar a principios de marzo, unas semanas después del desastre; al principio los compañeros del elenco se solidarizaron con él y colaboraron conmigo, pero sus esfuerzos se fueron diluyendo; no los culpo, somos traídos y llevados por corrientes que nos arrastran más allá de nuestros deseos. Conservo los originales de las poesías de Clara, todavía resuena el eco de su voz leyéndonos, con la cadencia suave de una profundidad que me desestabilizaba. Lo mío tenía otra consistencia que quizás alguna vez retome: el proyecto de una pequeña fábrica de artículos de bazar, vajillas, cubiertos y hasta floreros. Aldo era el cómplice de nuestro sueño de vivir juntas con Clara. Su muerte también produjo daños colaterales, los padres y hermanos me culparon indirectamente de lo que había pasado, me ningunearon; no me quejo, cada uno recurre a lo que puede para zafar del dolor. Fui su chivo expiatorio, nunca quisieron creer en mi versión, es más, se negaron a cualquier tentativa de contribuir a las investigaciones. Los padres de Aldo son muy mayores vinieron desde el Chaco y no soportaron las toneladas de basura que sepultaban al hijo; se resignaron a aceptar lo que les imponían los medios y se volvieron a su pueblo».

A tientas

En los primeros días de setiembre varias contingencias convergieron para despejar la posibilidad de animarme a aquella excursión por territorios del pasado; un pasado concreto y material, no arropado por el desvío metafórico con que suele disolverse la contundencia de su efectividad irremediable. Gregorio seguía en el limbo de su viaje a Coronel Dorrego, "por unos días", lejos del Mercado de las Pulgas y de que pudiera obtener alguna pista del destino del libro de Miranda. Marina no había logrado que el abogado nos atendiera antes del fin de semana, y mis tentativas por otorgarle otra solidez a las referencias sueltas sobre Kostia y Julio Adín habían desembocado en vaguedades que no agregaban mucho a mi ansiedad por acercarme a ellos. Decidí por darme una vuelta por los escenarios donde se habían movido.

El *Politeama,* en Corrientes y Paraná, había mutado en maxiquiosco; a una cuadra, el local de *El Foro*, que había cerrado hacía pocos años, era ocupado por una tienda de ropa de marca con vidrieras coloridas y habitadas por maniquíes altos y delgados, que promocionaban la vida sana en cuerpos descarnados con prendas ajustadas. Con un itinerario prefijado seguí el recorrido por Corrientes hasta Maipú y ritualmente transité la media cuadra hasta el *Marabú*. Era auténticamente un rito, no estaba descubriendo nada que no conocía de antemano; las dos hojas del portón de hierro clausuraban la entrada, a un costado tres placas conmemorativas lucían su desconsolado desaliño, un enorme cartel anunciaba en letras de molde que desafiaban la miopía más tenaz:

LOCAL HISTÓRICO: *MARABÚ* – INSTALACIONES COMPLETAS – AIRE ACONDICIONADO – BAÑOS A NUEVO – APTO TODO DESTINO – SE ACEPTA PROPIEDAD EN PARTE DE PAGO – ACORDAR VISITA –y dos números telefónicos.

Había querido constatar los atascos insalvables que debía enfrentar si perseveraba en cualquier forma de contacto directo con ese pasado, por medio del diálogo con alguien que pudo haber compartido esos espacios con Adín o Kostia; pero, a ese pasado no podía regresar, la pretensión era tan ilusoria como banal. Ellos, como Gómez y Onetti, habían estado en esos lugares hacía más de 60 años, era inverosímil la idea de encontrar un vínculo directo que me allanara indicios para situar a Kostia y vislumbrar un atisbo del paradero o el destino de sus pertenencias con mayor nitidez.

El aliento de la narración que había tratado de recomponer no se nutría de la inclinación a un perfil genérico centrado en una forma literaria, sino en un gesto innato e inmodificable: mi mirada estrábica hacia el mundo. Había sido ese gesto de visión extrañada el que fue elaborando un enfoque ajustado a las limitaciones de la realidad inmediata y la complementaba con los desvíos de la imaginación. Acaso el pasaje de las notas al relato exponía, con mayor precisión, los componentes de mi escritura. Las notas de mi libreta se centraban en una vigilancia, a menudo meticulosa, y con asiduidad apegada a la figuración icónica de las personas, a los modismos del habla, a lo que exhiben, de manera manifiesta, y a lo que pretenden esconder, y sobre todo: a sus historias, a las que llevan consigo y unas veces cuentan y otras no.

Esta vez, las notas no remitían al mundo sino que habían surgido de la indagación de restos, revisando al voleo en mi biblioteca, dejándome llevar por el capricho guiado de internet, como sea el resultado fue el mismo, salvo casi el final, cuando la resignación estaba ganando la partida

El café *El Foro,* durante más de ochenta años fue un reducto porteño de tribus diversas que ocupaban sus mesas. De día, la actividad de los Tribunales empujaba a abogados sin oficina a atender sus casos, a candidatos a actuar como testigos aprendiendo con urgencia el guion que debían repetir un rato después en los estrados, y a empleados judiciales; por la noche era un reducto de gente del espectáculo, de la bohemia y de la literatura. No mucho más, igual con el *Politeama,* no disponía más que de crónicas generales, alguna foto panorámica de los frentes y de los interiores. Con el *Marabú* había mayor información, de los años en los que Kostia y Adín fueron habitúes, que coincidía con la época de las grandes orquestas y los cantores famosos, encontré una profusión mayor de imágenes, los pisos en damero, las grandes estrellas en el escenario, abigarrada multitud de parejas bailando en la enorme pista, y mesas que los rodeaban atiborradas de parroquianos. Me dejé arrastrar por las asociaciones: el cabaret estaba en el subsuelo, las imágenes enviaban a los salones de los grandes transatlánticos, entré en viaje hacia ese pasado.

Mediante esa ilación apuntaba a aprehender alguna señal que agregara algo a los nombres de los que partía, para definir, mediante esas vivencias de segunda mano, datos concretos que me orientaran para situarlos y aproximarme a esa quimera que había caído en mis manos. La selección de fotografías del interior del palacio italiano en el que funcionaba el *Marabú* me confrontó con una evidencia incontrastable, el relato inconcluso y cribado de vacíos que ensayaba recomponer tenía un protagonista: Juan

Carlos Onetti rodeado de personajes relevantes sólo para mí, en particular uno de ellos, Kostia, con quien intercambiaba correspondencia; pretendía bucear la información en ámbitos en los que no tenían notabilidad, eran solo comparsas, y yo no era más que alguien que se precipita tras la ilusoria trasparencia de fotografías de antaño, contemplando con mirada inquisitiva la multitud de parejas que bailaban, o de parroquianos reunidos en torno de innumerables mesas, hasta constatar que me había confundido de sala si era un cine o un teatro o de libro, o si estaba leyendo una novela; mis pensamientos tras las impresiones iniciales que se agitaban en mi interior, remitían a las sombras de un pasado que no podía reconstruir. A punto de olvidar todo, asumiendo mi precariedad, me lancé a través de esas imágenes en busca de una fisonomía, que distinguía al cerrar los ojos, la curiosidad se había convertido en una pasión fallida.

Prendado de la fascinación del regreso, que no se cumplió en el trazado de un círculo, sino en una especie de espiral que me llevaba a un lugar parecido pero distinto. Yo había cambiado, los lugares cambiaron, las personas que estaba ahí ya no existían. No había coincidencia por algún lado.

Consciente de los límites de mi memoria, en particular de una memoria que trataba de reconstruir con retazos de archivos, me hice cargo de que con esas generalidades no había alternativa de acercarme a Kostia.

Cuando estaba rondando el precipicio del fracaso definitivo, en el copete de uno de los tantos artículos sobre el *Marabú*, la frase textual de un bailarín veterano que había comenzado su carrera en el cabaret en los años cincuenta suspendió el agobio.

Las pruebas

Mis vínculos con la ley han sido desde siempre un entrevero de convicciones y desengaños; los abogados se convirtieron en el emergente sobre el que se fueron acumulando, progresivamente, los saldos negativos eran los que materializaban esos desajustes. Con Sergio Asconzábal se activaron los prejuicios y me equivoqué, o al menos me apresuré a decidir qué rol iba a cumplir en la historia; como me solía suceder, en un pensamiento ejecutado en solitario, en esa oportunidad dependiente de la sensación provocada, apenas lo tuve enfrente de mí y me tendió la mano. El traje impecable de corte italiano, el rostro con un tostado parejo producto, seguramente de largas sesiones de cama solar, el reloj presuntuoso con una esfera con múltiples agujas enlazadas por complejos círculos.

El primer desarreglo se hizo patente cuando fue escuchando las informaciones que Marina y yo exponíamos alternativamente. No nos interrumpía, tomaba apuntes en una libreta y los confrontaba con los de la pantalla de su computadora. El remate fue aún más concluyente, cuando comenzó a hablar, la absoluta falta de clemencia de su frontalidad terminó de desarmar mi error de pronosticador precoz.

Nuestras exposiciones no tuvieron un desarrollo lineal, Marina se trababa, probablemente por el temor a insistir o perturbar, a lo que sumaba, tanto la vaguedad de los acontecimientos e improvisación de las conjeturas como también las interpretaciones apresuradas; me sentía condicionado por la tensión entre ser un simple testigo o situarme en un papel más comprometido, lo que me sumía en una mezcla de decepción y de disgusto conmigo mismo, hasta de tristeza por no poder despojarme de esa contradicción.

«Las informaciones que estamos sumando a lo que constaba en el expediente que preparo con los antecedentes de la denuncia de Marina son de gran relevancia, aunque debo ser preciso: aumentan las complicaciones, invierten el armado del caso. Los aportes que ustedes traen, refuerzan la cadena de inferencias en las que se fundaron las imputaciones iniciales; ahora tenemos indicios de que quien robo y vendió los libros ha sido el agresor de Clara; igualmente, es posible suponer que la huella en el libro sería una prueba suficiente para solicitar su detención y abrir un expediente en relación con la condena de Aldo para preparar la apelación a un tribunal de alzada. Sin embargo, no tenemos la identificación del culpable, confirmamos sospechas e inferencias pero no se sabe a quién acusar, ni hay algo que justifique ni siquiera un requerimiento a la sentencia de Aldo. Este es un importante estudio jurídico, lo que mueve los engranajes de cada actuación, desde el asesoramiento hasta la participación directa en los juicios, es la posibilidad de facturar los honorarios; cuando Marina me presentó el caso Bareiro no había dudas que ese requisito no se cumplía, pero, personalmente, podría suponer un espaldarazo a mi carrera si lograba reunir suficiente evidencia para elevarlo a la consideración de los socios del estudio; el atractivo reside en que los escenarios mediáticos asegurarían difusión a la chapa de Ramírez Gaiza, Carlés Sandival y Asociados que compensaría favorablemente la intervención. Quisiera ser absolutamente franco en esta etapa, me he ocupado y, me seguiré ocupando del caso, siempre y cuando quede abierta la posibilidad de confirmar ese rédito, es decir crudamente: mientras sea una preciada zanahoria para que continúe apoyando la búsqueda de justicia por parte de Marina; pero, no quisiera provocar la confusión de que ese es mi objetivo. Lo que se llama justicia alude a un tipo de responsabilidad con el sufrimiento del otro, no comparto esa relación que asume los rasgos de una disimetría estructural, puesto que supone una responsabilidad infinita sin contraparte con la alteridad. Mi propósito es otro: ganar notoriedad, producir un golpe de efecto descomunal a la manera de un especialista en artes marciales que aprovecha la fuerza del otro, revertir el caso Bareiro; montarme en la visibilidad de la opinión pública, valga el eufemismo, mueve mis intereses. Por lo tanto, seamos equitativitos, perseguimos el mismo fin pero nos mueven motivaciones diferentes.

Una vez aclarado el punto, debemos analizar los pasos a seguir, hay dos alternativas, la primera sería que pusiera a su disposición un investigador del estudio para que, con estas informaciones, vaya tras la pista del culpable. La otra es que esa tarea la lleven a cabo ustedes. Curioni es un hombre de gran experiencia; debería adentrarse en los contextos en los que se movía Clara y en el conocimiento de las personas allegadas a ella, eso supondría una preciosa demora, que creo, puede ser valiosa, el asesino todavía no tiene idea de que puede estar siendo perseguido, confiado en su astucia para ocultarse o el estar fuera de todo recelo; sin embargo, la aparición de un desconocido que se mueva en su probable cercanía, lo pondría en alerta. En esa dirección, la idea, salvo opinión en contraria, es que se anticipen, tratando de identificar el sospechoso a través una prolija revisión de las personas con las que se conectaba Clara, analizar cualquier imagen de los últimos tiempos, en particular hay un dato que lo delata, averiguamos por un sujeto de una estatura muy por encima de lo normal. Una última recomendación: es preciso reservar la circulación de lo que se vaya descubriendo en un estricto secreto, no para no alertar al asesino, sino para no estimular la competencia de otros letrados que puedan advertir una veta preciosa a su disposición.»

Desde que habíamos pedido los cafés hasta que el mozo los fue depositando frente a nosotros, no cruzamos una palabra y las miradas rehuían, al unísono, cualquier coincidencia. El doctor Asconzábal me había dado una mala noticia bífida: por un lado, el tema y, por el otro, el modo en que había quedado involucrado en un nosotros que me complicaba. Sin que acaso él lo supiese, yo estaba en una situación similar a la de Curioni: el mundo de Clara me era extraño, debía empezar de cero. Podía sentir, y quizás esa molestia me estaba trabando, que no era el indicado para asistir a Marina; me negaba a dejarla en la estacada. El mayor agravante radicaba en las ideas a las que me había aferrado tantas veces para arrogarme responsabilidades de las que, más de una vez, tuve que arrepentirme, por las consecuencias personales que me trajeron; no obstante, nunca fueron suficientes como para obligarme a hacer la vista gorda, virtud genética de un estrábico más que una valoración de mi ética, que en circunstancias ha dejado mucho que desear.

Estaba entrampado. Concebía la justicia como una dimensión inseparable de la alteridad. He entendido esa palabra tan desgastada por los usos abusivos como una fuerza externa a mí que me obligaba a ser responsable, es decir, a responder. Esa fuerza externa para mí había sido el otro. El otro se me había presentado como una singularidad que aparecía sin previsión y que me obligaba a ser responsable, a responder, a iniciar un diálogo. La justicia fue, invariablemente, un tipo de relación con el otro, donde debía tener en cuenta que ese otro no podía ser asimilado o reducido a mí, estuvo siempre fuera de cualquier cálculo, del mismo modo que no pude prever la ocurrencia de su llegada. La situación en la que estaba envuelto era incalculable, imprevisible y no reductible a ningún discurso, sino que me enviaba a una experiencia, la experiencia del otro.

Había repetido en relatos que la elección del género policial, para novelizar mis historias, implicaba aceptar que era una de las pocas, quizás la única alternativa, en la que era posible alcanzar la justicia.

Me quedaba un pequeño incentivo, Marina compartía mi inclinación por la economía de las palabras, cuando dije que no perdiéramos tiempo y fuéramos al departamento de Clara para empezar la requisa, hizo un gesto de aprobación y nos fuimos.

En un café cercano a la Galería, esa misma noche, al releer las notas que había tomado de la incursión al departamento de Clara, después de despedirme de Marina, y trasladarlas a relato, el flujo inicial de las frases se plegaron al traslado de *zoom* cinematográfico, en la primera reescritura ese procedimiento se plasmó como una iniciación adecuada a la densidad de la escenas posteriores. Desde la esquina Manuela Pedraza al 4400 se extendía la calle, con hileras de casas bajas salvo el edificio al que nos acercábamos a paso lento, de árboles añosos y veredas desiertas, interrumpidas por algún auto que cruzaba las calles transversales, o algún vecino que paseaba al perro. En los días anteriores había visto los videos del caso Bareiro, mientras caminaba hacia el lugar del crimen confrontaba mis vivencias con las escenas retenidas en Internet a las que podía volver tantas veces como quisiera. Era el contraste entre mis conocimientos que, por ser parte de un flujo constante, nunca podía rozar lo absoluto. Mi memoria puesta a prueba, asimismo, por el contraste con la inconmensurabilidad de mi pasado; la palabra tan extensa como el sentido que portaba se destacaba por la petulancia de otra muy corta, la idea de posesión de una temporalidad que ya ha sido. Mi memoria construida sobre vivencias que yacían enterradas y olvidadas, cuando no más grave, inexistentes por ignoradas.

Resistía inútilmente abordar esa temática, invadido de una especie de agonía intelectual, comprender una magnitud y, consecuentemente, su desproporción suponía ingresar en el terreno de las conjeturas. Internet está configurada a imagen y semejanza de Irineo Funes como una totalidad de contenidos, no filtrada ni organizada. A medida que nos acercábamos a la puerta de entrada las vivencias y su pasaje al depósito de la memoria exhibía, desaforadamente, que recordar implica restringir, recortar. De esta manera explícita fue que, más tarde la memoria apareció no solo como tema sino como la posibilidad misma del dispositivo narrativo que sostenía mi escritura. La consecuencia inmediata de recordar todo sería que visitar el pasado significa cancelar el presente y el futuro, por eso al narrar me alejaba de esa endemia que asolaba el mundo; un Irineo Funes que se multiplicaba al infinito. Postergaba las reflexiones sobre el desierto de olvidos en los que hurgaba para descubrir algún oasis que me asegurara cierto saber sobre Juan Ítalo Constantini.

Subimos las escaleras hacia el primer piso demorando el paso, acaso para postergar el arribo, Marina manipuló con torpeza el manojo de llaves. Tuve la sensación de que me sacudía la quietud de pantano que campea en un lugar en el que se ha producido un asesinato y que percibí, aún más, cuando estuvimos dentro. Ese efecto no provenía de la evocación del escenario, tal como había sido registrado en los noticiarios, el mobiliario estaba ordenado, no quedaban rastros ni del crimen ni de las inspecciones de los forenses. Era un departamento de dos ambientes; nos situamos en la amplia sala; rieles adosados a una pared sostenía estantes con libros; una gran variedad de adornos que abarcaban desde pequeños juguetes de peluche hasta tallas de madera y estatuitas de cerámica, ocupaban los vacíos entre los volúmenes. Un estrecho pasillo comunicaba con el dormitorio a un lado y al otro el baño y una cocina. Marina deambuló como si fuera una autómata hasta que nos sentamos en un sillón y, tras secarse las lágrimas, se animó a hablar.

«Cada cual tiene su tiempo, no acepté llevar todas las cosas de Clara a una baulera o meterlas en los rincones de mi departamento; la familia de Claudia no solo me excluyó de la vida de Clara, sino que también excluyó lo que tenía que ver con nuestra relación, a tal punto que cuando la velamos, únicamente me acompañaron los amigos. Entonces, terminé pagando el alquiler mes a mes, no podría venir a vivir donde la habían asesinado y no pude consumar mi duelo en un lapso breve; el contrato vence el año próximo, mientras tanto, he puesto mi energía en buscar al asesino y, me diste la primera buena noticia desde que me largué a esta lucha. Asconzábal no tuvo mala leche cuando te metió en la misma bolsa, fuimos juntos y asimiló que los dos nos ocuparíamos de seguir la investigación, no se me escapa que ha sido forzado, y no es justo. No sería bueno irnos por las ramas, te voy a pedir algo distinto. Necesito contención. Me desboco y, en esta etapa, puedo cometer errores fatales, hasta ahora era un loquita que hinchaba con una versión disparatada, no le agrego los epítetos con los que me han surtido a rolete, cargados de cataratas de mierda de una ideología machista que no se banca que dos minas decidan amarse. Clara trabajaba como recepcionista de un médico por la mañana hasta la media tarde y asistía los jueves al taller literario de Lina Rizziardi, debo comenzar por esos dos ámbitos, volveré a revisar su computadora y su celular para rastrear mensajes e imágenes, ahí entrás a jugar vos, antes de hacer cualquier movida te voy a consultar, soy proclive a exagerar y a que se me suelte la cadena».

La fisura

Al retornar a las cartas de Onetti y Kostia consideré pertinente integrar al análisis los artículos y las declaraciones en entrevistas públicas de Onetti, que ratificaban el vínculo entre ellos. Onetti era un consecuente escritor de cartas; manejaba sus códigos, sus rituales, hizo uso de ese formato privilegiado para explayarse sobre la vida, la literatura y esos otros entornos que las asedian. A pesar de que trasgredía, a su manera, la regla de dejar copias de las que enviaba y mucho menos conservar las que recibía.

Todo intercambio epistolar se inscribe en una dimensión ilusoria por su capacidad fantasmática. Quien asume el riesgo de esa instancia de escritura aspira a una autonomía respecto del mundo asentado en la simulación volátil del trazo que implica la distancia obligada de una comunicación diferida en el tiempo y, por lo tanto, debe elegir entre situarse en el presente de la escritura que será un pasado de la recepción o viceversa. Las cartas son proclives a crear universos artificiales y paralelos; especialmente las series lo consiguen, esa utopía trataba de alcanzar, al menos por el lado de Kostia.

El yo narrativo, que soportaba mi narración, era el resultado de un yo más retirado que el del diálogo epistolar; un yo literario, presuntamente distante de un registro simplemente autobiográfico, un yo menos mundano, necesitado de un aislamiento mayor que el de las cartas; una soledad incrementada como la que anhela alguien que se aparta para el goce de una práctica solitaria que nunca alcanza el suficiente aislamiento.

En la incongruencia entre el tiempo de la escritura de las cartas, y el de la lectura diferida, subrayaba la insalvable otredad de mi relato.

En el mismo movimiento que ensaya el acercamiento al otro, el remitente tiene la convicción de que el otro no está y, a veces, hasta sospecha que puede estar ajeno o prescindente de la solicitud que ofrenda. O aún traicionándolo. Las cartas tematizan, con frecuencia, la dislocación, imaginan y prevén ese desentendimiento.

El diseño que evocaba se plegaba a la figura de una tercería, dos territorios atravesados por la cala de la imposibilidad, el de la escritura de mi narración, tratando de asir el mundo mediante la inscripción del trazo, y el de la lectura de las cartas buscando capturar el sentido que pone en movimiento las marcas escriturarias; entre ambos se abría una fisura; de este modo, pretendía nombrar con una metáfora impropia el espacio, el hueco o la falta, que se extendía como un estrecho entre islas de límites inestables.

La tercería se suspendía sobre un abismo entre dos imposibilidades; ese abismo era un llamado y una provocación constante; por eso prefería aludirlo desde la estrechez de la fisura por la que se colaba la conjunción entre la certidumbre de que el sentido no se había dejado decir, y la operación deseante que anuncia la insistencia del retorno; el resplandor de la palabra ausente provenía, creo, de esa frotación interminable y hacía que el deseo de hallar otras cartas de Kostia sostuvieran la tenacidad vigilante.

En la tríada se instalaba la proliferación sin límites de los sentidos, desplegándose en una encrucijada, la mirada se hacía marca: el ojo que se hacía trazo en el relato. Y en este punto la encrucijada se convertía en un monograma con innumerables diseños insertados,

El juego metafórico no tenía clausura, la huella sangrienta a la que me empujó la búsqueda en Maldonado no era reductible a una representación sencilla que la atenuara, mucho menos era posible semejante reducción a medida que la traza se estratificaba más y más. La tercería, como tropo, se inscribía en los vuelos de un monograma que diseminaba una paradoja: la luz de la mirada se hacía sombra en la escritura del relato; entonces la mutación en luz coagulada de la sombra errada, permitía descubrir la marca de lo invisible, como si solamente a través de una flor, aplastada entre las páginas de un libro, pudiera entreverse en las estrías de la huella, en el color de los pétalos, en la tenue desnudez de los estambres, en la mecanografía inquieta del polen, la fingida lucidez de los sentidos fugitivamente legibles.

La mirada hacía un corte con el resplandor y la sombra, el sentido era el desgarramiento de la luz que se hacía trazo, la tercería era el derrotero de un viaje, la delgada incisión que en el espesor del texto bordeaba la fisura mayor, coagulaba el brillo en huella e, inversamente, dejaba colar las múltiples alternativas que me llevaron de un extremo a otro de los innumerables diseños del monograma.

Enfrentaba nuevamente la disociación entre el pasado y mi memoria; y emergía la idea de una biblioteca fantasma: los recuerdos como libros, los olvidos como libros leídos y borroneados por el paso del tiempo y la latitud inasible de los libros que podría haber leído, y sin embargo no ocupan lugar en los estantes. Escribir sobre mi biblioteca era escribir sobre mi memoria, por lo tanto, un ejercicio de arqueología a partir de indicios, recuerdos y agujeros de silencio o penumbras inasibles, en definitiva: la nada. Ese pasado no existió; perseguir el rastro de Adín para acercarme a Kostia con la utopía de que alguien haya conservado sus cartas era como ensamblar la maqueta de una ciudad arrasada.

No sé cuál era el núcleo, el polo magnético que me incitaba a insistir en la eventualidad remota de hallar las otras cartas de Kostia en las que intuía que la escritura que enfatizaba lo vivido, lo inmediato, lo inarticulado, lo presente, y que debían hacer referencia a reacciones o respuestas inéditas, a decisiones o disposiciones que no tendrían fundamento en una tradición, sino en un yacimiento de supuestos, compartidos con Onetti, difíciles de situarlos en la obra o en reconstrucciones biográficas de su vida. En tal dirección, suponía que en las cartas se podrían expresar un sentido particular de la vida remitiendo, a la vez, a una comunidad particular de experiencias. Lo que abriría la posibilidad de tener acceso a elementos y conexiones entre componentes que animasen descartes o elecciones y, como consecuencia, pondrían en movimiento intentos de comprender la presencia de tales elementos y conexiones en un imaginario y en un período; presencias que se harían evidentes a partir de regularidades o, por correlato, en supuestos compartidos.

Fui impulsado por el convencimiento de que la publicación de *El pozo* confrontaba con la presión, la rigidez, las resistencias arraigadas en formas cristalizadas de la narrativa rioplatense, exhibiendo la alternativa de figurar un cambio en la construcción literaria de la subjetividad, en cuanto subjetividad en proceso de transformación. Al momento de la escritura de esas cartas era accesible lo pre emergente, lo inarticulado, lo productivo y, probablemente, lo que era vivido de manera perturbadora, emocional; el sentimiento como inquietud, una latencia, un bloqueo, que Onetti expresaba en su escritura y que Kostia era capaz de aprehender en su interpretación. Era el flujo de la experiencia: algo que apenas se había iniciado conscientemente como práctica, algo que estaba en proceso de articulación a través de hallazgos narrativos y figuraciones novelescas oblicuas y ambiguas que perturbaban, tanto la tradición literaria como el sentido común, algo que estaba organizado o configurado de maneras diferentes a los fenómenos sociales o institucionales que se analizan habitualmente y que requieren, por lo mismo, otras formas de examen.

En esa situación, valía preguntarme si lo que caracterizaba aquel diálogo epistolar no definiría asimismo una suerte de capa profunda de la cultura y la sociedad, ante la cual habría que producir y poner a punto un nuevo vocabulario conceptual para describirla, analizarla, capturarla. El registro escriturario, la observación detenida, la descripción densa, quizás sea el medio para aproximarse e indagar esos fenómenos que aparecerían con más soltura en la escena de un intercambio íntimo.

Me empujaba la posibilidad de leer las variaciones y tonalidades afectivas, quizás podían ser índices del campo cultural a los que podría dirigir la mirada y el análisis para comprender y estudiarlos desde otra perspectiva. Además, situado en ese plano, me relacionaba con otra faceta interesante, aquella que iba más allá de los estados interiores de las personas, extendiéndose al grupo que componían con los asistentes a las reuniones de *El Foro y el Politeama* remitiendo a textos, ambientes, entornos en los que vivían y de los que, incluso podría afirmar, que eran lugares y momentos de los que emanan determinadas vivencias e ideas donde se configuraban, y constituían, determinadas formas de pensar, atmósferas que afectaban de determinada manera a las personas que los atravesaban, y en los que transcurría su existencia. Retrospectivamente, *El pozo* ha sido leído como un texto de ruptura; me proponía la tentativa de rastrear las marcas de los nuevos valores, las nuevas prácticas, los nuevos afectos; incorporar, escenificar, articular, actuar o hacer funcionar valores, prácticas, sentimientos, atmósferas o entornos de cercanía, en función de determinados intereses de un intérprete privilegiado capaz de percibir la dimensión de esa ruptura. Me proponía no cejar en el empeño de descubrir un testimonio escrito en que se pusieran de manifiesto los conflictos y luchas entre significados, o valores, articulados a partir de una reflexividad intensa y una conciencia aguda de las mismos.

Acaso por eso destaqué aquellas frases hasta acentuar su significación; Tomás García Malbrán dijo en una entrevista vinculada con un evento internacional de tango donde sería homenajeado: «A principios de los cincuenta, yo entraba de garrón al *Marabú,* me había hecho amigo de un moreno uruguayo, un tal Willy, que sabía que era menor, tenía quince años; él hacía la vista gorda, ahí empecé mi carrera».

García Malbrán dirigía una academia de tango en el *Salón La Argentina.* Como si determinadas historias construyeran una cartografía acotada; el Palacio Rodríguez Peña estaba a pocas cuadras de los lugares en los que se reunían los personajes que andaba persiguiendo.

Si la escena formara parte de una representación de teatro naturalista y yo hubiese sido designado director, no habría elegido mejor el personaje de García Malbrán.

A pesar de los años, conservaba el porte elegante con su traje negro, los zapatos de charol al tono, la camisa blanca abierta y un pañuelo de seda en el cuello. El cabello oscuro abundante con un peinado lustrado por la gomina. Antes de ir acercándonos a las preguntas que me habían llevado hasta allí, fue desgranando anécdotas con la habilidad de quien las ha contado infinidad de veces que logra capturar la atención de quien lo escucha por el manejo de los tiempos y los tonos.

«Wilfredo Cardozo era un amigazo, un tipo con mucha calle y muchas noches; si alguna vez tenía que interceder con quien se propasaba sabía manejar la situación con rigor y sin necesidad de encajar ni siquiera un sopapo. Lo que son las casualidades, años sin verlo y hace un par de meses nos chocamos de frente en la estación Constitución. Yo iba a la Plata, él venía de Ezpeleta a hacer unos trámites al centro. Se fue del *Marabú* después del golpe del 55, era peronista y andaba metido en asuntos de política. Pero, al final, se asentó por esos pagos y puso un almacén, se juntó con una muchacha de la zona y tuvo hijos, cuando se retiró les dejó el negocio. Está bien el moreno. Quedamos en vernos, vive a dos cuadras de la estación».

Era una luz débil; decidí confiar en ella atraído por la idea de que quizás fuera otro rescoldo que esta vez, no me perturbaría sino que me alentaba a procurar su energía.

Mutaciones

Lo imprevisto volvió a torcer la dirección en la que iba. Estaba yendo de la Galería hacia la calle San Martín y me salió al paso la promotora de uno de los locales de venta de perfumes y, con una sonrisa amable, me ofreció una flor para prenderla en el ojal de la solapa del gabán. La idea era original, enseguida me entregó una tarjeta con el aroma penetrante junto con una frase: "Si quiere hacer perdurar esa sensación por más tiempo, elija esta fragancia". En el trayecto de regreso del correo, donde había despachado un envío de libros a México, vi la misma escena como testigo, una reiteración desde otro plano, y fue cuando se produjo la iluminación, breve como un chispazo; suficientemente intensa como para provocar un movimiento impensado.

Frabizio era una sucursal viviente de Google con un área restringida exclusivamente a la Galería, después de la pertinente consulta, el paso siguiente fue un diálogo con Adela, la responsable de la atención del local donde una franquicia de perfumes internacionales promociona sus marcas y, por último, el desvío me llevó hasta el barrio de Almagro. La asociación podría haber estado latente y nunca salir a la superficie; fue algo más que la tentación de un motivo de color, esa materia dúctil para que los cultores de la verosimilitud indagas en pormenores; sobrepasaba la trivialidad de suponer que un episodio insignificante, solo por el hecho de haber ocurrido, alcanzara el estatuto digno de ser referido, entonces tuve la intuición, sin mucha extravagancia, que estaba frente a un episodio que de golpe se imponía, que exigía ser recreado para integrar la urdimbre que reescribía. La novelización era un ejercicio de retención atravesado por descartes, olvidos y desatenciones puestos en relato por una impronta de disposición formal que me ponía al amparo de la liviandad de cualquier confesión y me acercaba a la confabulación narrativa. De la flor en el ojal pude pasar al diálogo con Raúl Agrelo, un veterano florista, lo que había sido para la promotora parte de una rutina repetida, para mí había sido una epifanía que me enviaba a un dato aislado hasta ese momento: Kostia era la oveja negra de una familia propietaria de una cadena de florerías.

«La cosa cambió allá por el 2002 cuando vendieron el galpón donde funcionaba el Mercado de las Flores, por una millonada de dólares, a unos brasileños que instalaron una Iglesia Evangelista. En aquel momento, el mercado se mudó a Avellaneda, donde alquilaban un terreno al Parque Comercial. No les fue bien en esa zona y por eso volvieron a la capital, esta vez al barrio de Barracas donde funciona al día de hoy. Pero, como se dice, nunca uno se va del todo, si bien el Mercado actualmente no funciona en Almagro, esta zona es conocida como ¨La calle de las flores¨ donde a los puestos los atendemos gente con tradición en el rubro. En cada profesión circulaban historias que, al correr del tiempo, los sucesivos contadores les van sumando arreglos y podando brotes; digo, para darle un toque apropiado a la profesión. A pesar de que hace más de cuarenta años que trabajo en la zona, no llegué a conocer a los Constantini; los más veteranos solían recordar el ascenso y caída de una familia que supo tener años de esplendor en el barrio de Flores, justamente; se la hago corta: cuando fallece el fundador de la dinastía, hubo una disputa por la herencia; usted me pregunta por Juan, el mayor, que se encargó de la liquidación de los bienes, fumador empedernido de Player's Medium; aunque le parezca raro, una de las cosas que ha hecho perdurar el cuento es esa referencia a tipo amable que no hacía concesiones a la hora de negociar, y que no abandonaba la cajita de cartón de los cigarrillos que encendía uno tras otro; varios de los que quisieron comprar parte de la cadena no pudieron concretar, después se supo que terminó arreglando con una concesionaria de autos norteamericana."

Se había cerrado de golpe un desvío que creí me permitiría, por fin, disponer de una conexión concreta que me llevaría a Kostia. Caminé hacia la esquina de Corrientes y Acuña de Figueroa. El enorme galpón donde hasta hacía años funcionaba el Mercado de las Flores había mutado en un templo. En sus antiguas instalaciones ya no convivían los tradicionales puesteros con el aroma de las rosas, ni los camiones interrumpían el sueño de los vecinos de Almagro. Cada domingo, pastores y seguidores de la Iglesia Universal del Reino de Dios se juntaban a orar.

La fachada del edificio, que tiene enormes ventanales de vidrios espejados y puertas de madera, es una réplica de las que se dispersan por Norteamérica. El frente y los laterales ofrecían una luz tan potente que iluminaban gran parte de la esquina.

Me asomé por un reflejo condicionado, detrás del *hall* se extendía el salón para los reuniones que debía tener capacidad para más de dos mil personas sentadas. Al fondo, estaba al altar. En ese espacio, los pastores escuchaban las penas de los fieles. Una mujer se acercaba para que la liberaran del mal, otros creyentes formaban una fila ordenada detrás de ella.

Durante casi cincuenta años, el aroma suave de los jazmines se mezcló con el dulzón de los nardos; ahora se había levantado un reformatorio de almas en pena, no pude evitar el envío a Onetti que se negaba a aceptar las loas exageradas a un creador, habida cuenta de la caterva de tarados que lo rodeaba. No me arrepentía de la diatriba, ni la justificaba por la fugacidad con que se habían cancelado mis ilusiones. Mi resentimiento era, asimismo, una feroz autocrítica, me había dejado arrastrar por el deseo.

Yendo hacia el pasado, tras Kostia, me estaba convirtiendo en un cartógrafo de una ciudad arrasada, *El Foro* era una tienda de ropa de marca, el *Politeama* un maxiquiosco, el *Maribú* un espacio clausurado y disponible para alquilar y el Mercado de las Flores un templo evangelista.

Tierra de nadie

Me acomodé en un asiento al lado de una ventanilla, la hora debió contribuir a que fuera uno de los pocos pasajeros del vagón. Según el diagrama del itinerario de la línea ferroviaria me separaban de Ezpeleta siete paradas desde la cabecera en Constitución. Las estaciones que aparecían y desertaban hacia atrás, en todos los casos, eran tierra de nadie, vinculadas con el ir y venir de desconocidos. En las estaciones, el que se quedaba en espera, también era afectado por el ambiente impersonal que lo rodeaba ignorando quizás sus deseos.

En el viaje concreto, espacial, se revestía, cada vez, de carácter irreal; en parte debido a las circunstancias físicas, al desplazamiento en una tarde nublada donde se perdían los contornos definidos en las fugacidades del paisaje continuo en un día con sol; para más, la llovizna contribuía a deslizar un esfumino gigante sobre las imágenes, encuadradas en el vidrio de la ventanilla.

El tránsito del viaje, de la vida, de la escritura o de la lectura, no son movimientos perpetuos, están atravesados por detenciones. Mi nomadismo por la memoria y un pasado que la excedía conllevaba la exigencia de situar estaciones como refugios reparadores; la vida, que especulaba como tránsito, era un intervalo entre dos infinitudes eternas; si bien el destino de muerte emergía ineludible, ello no implicaba una constante movilidad, había estancias en las moradas que, de tanto en tanto, suspendían las errancias por las tierras de nadie y, entonces, me animaba a narrar.

Acompañando el traqueteo rítmico de las ruedas golpeando en las vías, pensaba en el viaje como el procedimiento que abría el espacio desde el que partía hacia otro territorio a explorar, era la escena sobre la que se situaban los posibles narrativos, para ello apelaba a una nueva dimensión del espacio geográfico, la tierra ajena, la otra tierra, se convertía en la condición de posibilidad del saber. Dos aspectos entraban en contraste: lo propio de la memoria, lo conocido; y lo otro: lo extranjero, el pasado inabarcable, ponían a prueba mi identidad en curso. Cuanto más se acentuaba esa alteridad, tanto más decisivas eran las acciones narrativas que se desplegaban. La búsqueda del otro espacio aparecía como la condición necesaria para la construcción del entramado ficcional. En mis narraciones podía pasar de un lugar a otro, de un tiempo a otro, de una realidad rutinaria a una realidad deseada, a través de pasajes, puentes, galerías, que habilitaban el desplazamiento. El viaje real dejaba su lugar al viaje imaginario. Ir a Ezpeleta suponía una crisis y una apertura al desciframiento de un secreto, era asimismo una condensación de algunos de los tópicos más reiterados en mis relatos. Nuevamente viaje y escritura se entrelazaban en un ovillo inextricable en el que se entretejían la memoria y el pasado.

En la vida imaginada, como un viaje, atravesaba por territorios escarpados que exigían capacidad de emoción y de inteligencia, deseos de comprender al otro, y de aproximarme a un lenguaje distinto a aquel que diagramaba, con todas sus limitaciones e imposiciones, las tiranías cotidianas.

No hizo falta hacer tantas paradas para ubicar la casa de Wilfredo Cardozo; la primera indicación me llevó al almacén que atendían los hijos y la siguiente a una cuadra y media, había llegado a destino.

Un retrato que le hiciera justicia debería destacar las manos grandes de dedos largos con nervaduras gruesas, los ojos saltones con las pupilas rodeadas de intrincadas redes de minúsculas venas rojas; sin embargo, dejaría afuera el rasgo más perdurable, la voz ronca y profunda.

«Voy a contestar sus preguntas, me llevan a hacer un viaje a una época de mi vida diferente, más apasionante, a veces me parece mentira que sea yo el que anduvo dando esas vueltas tan atrevidas; le pido paciencia, me voy a remontar a la primera vez que vi a Julio Adín. Mis viejos partieron temprano, cuando era un niño que ni iba al colegio, me crie con el tío Hermes, vivíamos en una casita lindando con las afueras de Maldonado. Nos la rebuscábamos con changas. Una noche fiera con una tormenta del demonio y un frío para no enternecer a nadie, oigo golpes repetidos y fuertes, estaba solo, ya era muchacho pero no arrugaba, agarré el fierro de la estufa y abrí como para abarajar a quien fuera. Era un hombre aterrado, los ojos grandes como el dos de oro, me rogaba en un idioma que no entendí ni jota, miraba con espanto hacia todos lados y juntaba las manos para conmoverme. Me salió hacerlo entrar, el tipo temblaba como una hoja, más de miedo que de frío. Al rato nomás cayeron los milicos, los espié por la ventana y antes de que llamaran, lo metí en ropero grande que teníamos arrumbado en la pieza del fondo. Me nació así, por instinto. No tuve tiempo de arrepentirme, al instante arribó mi tío y contra lo que supuse me palmeó para felicitarme. Esa misma noche fue que vino Julio Adín, con una serenidad pasmosa me explicó que había habido un accidente con una lancha, me recomendó cerrar la boca y olvidarme, me decía eso no como una orden sino como quien está compartiendo un secreto con un cómplice. Tenía la mirada penetrante de alguien que no deja nada por calcular, nunca me dijo de donde venía el hombre que se fue con él, antes de irse me dio un rollo de billetes que sumaban más que lo que yo ganaba en semanas. Fue la clave para que unos años más tarde, cuando yo andaba de garrón en garrón, Julio Adín me ofreciera ir con él a Buenos Aires para ubicarme en un trabajo. Buenos Aires para mí estaba más lejos que la luna, pero, fue tal la impresión que me causó aquel hombre la noche del refugiado, que no tuve titubeos, me largué sin más. Durante un mes me estuvo enseñando las mañas necesarias para aspirar al puesto de portero del cabaret *Marabú,* una tarde fuimos a ver a don Jorge Sales, el dueño; para presentarme le contó la historia de aquella noche y mencionó al refugiado por su nombre; aquel inmigrante español, de quien tengo el mejor de los recuerdos, aceptó tomarme a prueba por un mes y me quedé hasta que otros milicos, los que echaron a Perón, me corrieron y tuve que esconderme hasta que clareara.

Julio era un habitué consuetudinario del *Marabú,* con Kostia, por el que me vino a preguntar, solían venir en yunta y con ellos el otro que mencionó, ese Onetti. Tenían buen ojo para las chicas del salón y ellas no le escapaban al bulto, se veía que la pasaban bien, uno les conocía las mañas, había pesados a los que les rajaban aunque mostraran la billetera jugosa.

Onetti no sonreía nunca, usaba anteojos de cristales gruesos, dejaba adivinar que solo podría ser simpático a mujeres fantasiosas o a amigos íntimos; el día que lo conocí, Julio le dijo que yo era de Maldonado, entonces torció la boca y me dijo "Jodete" y enseguida "No te vayas a creer ese verso de la garra charrúa." Después, siempre me saludaba muy discreto con un ademán de la mano.

A Kostia le decían Ítalo, a veces Juan, de vez en cuando en la puerta me preguntaban por el señor Constantini, entonces él salía y firmaba unos papeles sobre la tarima de entrada y despachaba al mensajero; en el *Marabú* la mayoría lo conocía como Kostia, invariablemente con un libro bajo el brazo o en el bolsillo del saco. Fumaba constantemente, salvo cuando bailaba, en esas lides era un maestro; en cambio, Julio y Onetti rara vez iban a la pista.

Fui portero del cabaret unos años, la gente cambia y se renueva, a principios de los cincuenta, Onetti se fue para Montevideo y Kostia se iba consumiendo de a poco, pero no largaba el pucho; dejó de venir y, unos meses más tarde Julio, que también andaba raleado, me contó que había fallecido. Nos empezamos a encontrar fuera de *Marabú*; él estaba muy entusiasmado con la creación de Israel, me explicaba con detenimiento cuestiones de política internacional, ya por esa época yo militaba en el peronismo. No me olvido, lo tengo grabado: la noche de la muerte de Juan Duarte, el hermano de la señora, Julio apareció por el cabaret apurado y nervioso y me preguntó si había estado temprano con Elina Colomer, que era una actriz muy famosa, cuando le dije que no lo había visto, salió pitando como alma que se la lleva el diablo. De eso no volvimos a hablar. Cuando tuve que rajar porque en la puerta de *Marabú* iba ir en cana de cajón, le perdí el rastro. Yo participaba de una franja, apenas de una franja, de la vida de los que venían al cabaret; podría dar detalles, hasta ridículos, de muchos de ellos, pero no tenía acceso ni importaba qué hacían a la luz del día, de ahí que no sabría decirle si alguno estaba casado o tenía una compañía de seguros, era periodista o gerente de banco».

El tren se asomaba por un fondo gris inmerso en la niebla y la llovizna; en el andén, salvo una pareja soldada en un abrazo, había unos cuantos náufragos dispersos; me preparaba para un regreso más largo que el viaje de ida; había recibido el impacto de una cancelación, se apagó abruptamente uno de los puntos luminosos que distinguía en esa vasta extensión del pasado; océano, había pensado más arriba, y cuando el tren se bamboleaba levemente al frenar en la estación Ezpeleta, me preguntaba, si se había apagado o acaso no fue más que un espejismo con el que me encandilé para continuar imaginando una utopía.

Me ubiqué nuevamente junto a una ventanilla, acaso para evadirme hacia el afuera que trascurría incesante contra un vidrio en el que la dactilografía de las gotas de lluvia producía el efecto de una pintura puntillista. En paralelo e imitando la velocidad del tren insistía en apegarme a la resonancia de dos interrogantes: "¿De qué tengo recuerdos?" "¿Cuáles son los límites de la memoria?" a los que se agregó otro apenas saliendo de Quilmes, la primera estación después de Ezpeleta: "Cuál es la extensión del pasado". Era como un juego de cajas chinas, los recuerdos dentro de la memoria y esta dentro del pasado. En relación con los recuerdos y la memoria los concebía como objetos a los que atribuía un rasgo distintivo centrado en la apropiación de las dos instancias, en tanto sujeto que disponía de la posibilidad de recuperar las vivencias del fondo de una memoria que me pertenecía; delineaba una región, una isla en el vasto océano del pasado y, por lo tanto, de mi propia historia.

La caja amplia, tan amplia que no podía precisar sus confines, el pasado, era una construcción temporal infinita; el contenedor de las relaciones entre mi memoria y las derivas de las reminiscencias, de ahí que podía fabular sobre el pasado a partir de la imagen de puntos refulgentes en el instante que se volvían reconocibles, pero que se apagan y desaparecen cuando los percibo desde mi memoria, mi alcor, un promontorio sutilmente elevado.

Las estaciones escandían mis especulaciones como si cumplieran una doble función, paradores para el ascenso y descenso de los pasajeros e intervalos en los que, con la formación detenida, suspendía las resonancias. Estábamos en Bernal, por el pasillo vi un vendedor con una bandeja; hablaba rápido, estaba lejos y no le entendí, recién cuando lo tuve cerca supe que repartía pañuelos descartables, los puso en el asiento vacío a mi lado. La condensación de esa suma de acciones formaban un ovillo de hebras disimiles en torno a un interrogante: de qué dependerá que se constituya en recuerdo, acaso de la vaguedad de las palabras, de que se integró a la cesura del trayecto, o la distracción que activó, lo pondría a salvo de la nada, no del olvido, de la nada que sobrevendría a la ausencia de recuerdo.

El silbato agudo del guarda me sobresaltó, lo había hecho sonar del otro lado de la ventanilla; el conductor aceptó la orden y puso en marcha la pesada hilera de vagones justo cuando yo atrapaba en la jaula de una idea, a la memoria como forma de representación del devenir del tiempo. En efecto, mientras los acontecimientos parecían ya fijos en el pasado, las huellas eran susceptibles de reactivación, evoqué los rescoldos. En suma, el pasado se volvía memoria cuando me habilitaba para actuar sobre él en perspectiva de futuro y generaba un pasaje entre las dos cajas.

Nombrar, esa era la clave, escoger o determinar cómo y con qué sentido el evento del vendedor ambulante se iría a fijar en la memoria; tardaba en recoger su mercadería, lo que me permitió leer la etiqueta del envoltorio; o sea, marqué el rasgo de identidad que iba a reunir los atributos de lo nombrado. Me apresuré a revisar los bolsillos del gabán, pagué y preferí no aceptar el vuelto, con la peregrina idea de que con ese gesto reforzaría el anclaje de ese episodio

En Don Bosco, había alcanzado cierta nitidez, deseché la insistencia compulsiva que me aguijoneaba con el latiguillo de que esa elaboración era un paliativo para disimular el fracaso, con mis digresiones pretendía dejarlo atrás, como si al alejarme de Ezpeleta pusiera distancia de la imposibilidad de cumplir con el propósito de conseguir alguna referencia de Kostia. Había dos vías de acceso al pensamiento de la memoria, por un lado, la que ponía el acento en lo que se recuerda y se conserva y, por otro, la que entendía a la memoria como proceso activo de recuperación o re-construcción del pasado. Podía considerar la memoria como el yacimiento disponible de los comportamientos de que han formado marcas que se manifiestan en su dimensión narrativa como la vía para recuperarlas sin agotar su presencia; en otras palabras, como la capacidad de elaborar sentidos sobre el pasado donde operaban tanto la selección y como el olvido. La huella sangrienta, como rescoldo y, las cartas de Onetti y Kostia, añadían a esa distinción una dimensión de la memoria como aquello que permanecía esencialmente ininterrumpido mientras que, la reminiscencia designaba el retorno y recuperación de lo que alguna vez se avasalló y fue olvidado. Las definiciones hacían hincapié en dos sentidos diferentes, la memoria como conjunto de representaciones narrativas, materia disponible, con accesos diversos, nunca vedados en lo absoluto y la memoria como imperativo ético, cuando el esfuerzo por hallar señales en la vasta extensión del pasado supone una recuperación que desborda los límites de lo personal.

La memoria era ese espacio en el que residían los recuerdos de un pasado vivido o imaginado por mí. A su vez, mi memoria, por naturaleza, estaba filtrada por la dimensión afectiva, emotiva, abierta a las transformaciones, inconsciente de las sucesivas mudanzas, vulnerable a la manipulación, susceptible de permanecer latente durante largos períodos y de bruscos despertares.

Esa noche, al disponer en relato los episodios y las ideas que habían convertido esa tarde en un capítulo transcendente de la novelización en curso, regresé a Marcel Proust, a mis apuntes sobre su obra y, a recoger de los estantes del depósito los tomos de *En busca del tiempo perdido.* Me centré en su consideración sobre que el individuo está constituido por una pluralidad de "yoes" que se van sucediendo, que se renuevan de tal forma que los "yoes" pasados son totalmente ajenos al yo presente, no laten dentro de éste último, ni pierden su especificidad. Al yo que estaba enamorado de Albertine, le sucede un yo incapaz de comprender esos sentimientos: "El nuevo yo que surge del viejo no puede ser fiel a la memoria del ser amado, no lo ha conocido y por tanto, no lo recuerda más que por interpósita persona [...] tales aparentes infidelidades derivan del hecho de que los 'yoes de recambio' se suceden a través de automatismos que escapan a la voluntad y a la conciencia del individuo".

Sin embargo, piensa que es posible revivir los "yoes" recreando las sensaciones y experiencias originales; las esencias que las signaron, recuperación que depende de una memoria involuntaria, afectiva, por la cual, a través de una experiencia sensorial en el presente, idéntica a una anterior, puede recuperarse ese mundo del pasado. De este tipo de experiencia se extiende a lo largo de la novela de Proust, la magdalena con la que abre *Por el camino de Swann,* hasta el piso de Guermantes con el que cierra *El tiempo recobrado*. Contrariamente a lo que se podría llamar una memoria voluntaria, más cerca de la razón, la memoria afectiva se encuentra más cerca de las sensaciones y los sentimientos. Más aun, se puede afirmar que las sensaciones se tornan más nítidas, más claras, en el momento de revivirlas a través de la memoria involuntaria, que cuando fueron vividas en el pasado, ya que se revelan elementos antes ocultos por otras sensaciones.

Proust invita a pensar en un pasado ausente, y recuperado a través de la memoria involuntaria. Recuperación que es vivida por Proust como una resurrección, como la vuelta a la vida de un pasado que nos revela su significación original. La consecuencia no es ya una entidad continua, sino una entidad que desapareció y luego vuelve a la vida. Sin embargo, la caja china de ese pasado es parte estrecha de ese océano, la que se conecta con la memoria, desaparece y retorna lo vivido, lo no vivido participa de la inmensidad ignorada.

En la biblioteca de Guermantes, el narrador recupera el significado de su pasado y restituye el tiempo perdido. Recobra el hasta entonces irrecuperable pasado en su unidad con la vida que aún le queda por vivir, y el tiempo malgastado tiene un significado como tiempo de preparación para la obra del escritor que dará forma a aquella unidad.

Dentro de esta perspectiva, escribiendo a mano la primera versión, ponía en acto del relato la necesidad de comprender el transcurso de mi vida como una historia que se va desplegándola, fijando los acontecimientos vividos a través de una narrativa en donde el pasado venía en auxilio para la comprensión del presente, al permitirme visualizar las causas, los caminos que me arrojaron a este presente:

Los carteles que anunciaban la estación Sarandí pasaron fugazmente y aún parecían haberse quedado adheridos al vidrio de la ventanilla, cuando los demás pasajeros en ordenada y nerviosa procesión iban bajando del tren, estábamos en la cabecera Plaza Constitución. Con paso cansino me situé en un andén vacío de pasajeros y sin trenes estacionados; hasta donde alcanzaba la vista, hacia atrás, repitiendo en mi imaginación el recorrido del viaje, pero en sentido inverso, trataba de componer con fragmentos narrativos cómo había llegado hasta allí para dar sentido a la situación.

Leía el pasado a partir de un horizonte de sentido vinculado a la necesidad de construir la narrativa con una significación elaborada en el presente, en el momento en que se recuerda.

Esa escena se plegaba a la de mi escritura en el proceso en el que recuperaba los recuerdos y los hacía relato para hacerme cargo de cómo un acontecimiento impredecible, la huella sangrienta, había puesto en crisis, amenazando la coherencia de la historia; Hebert me propuso una reescritura: retroactivamente se imponía incorporados al que estaba en curso y no había atendido a su relevancia, lo que exigió un trabajo de relectura constante de los hechos del pasado a la luz del presente. El desencadenante del relato primigenio también había sido un hecho impredecible, el hallazgo de las cartas de Onetti y Kostia, pero, a diferencia de ese episodio, la huella sangrienta no solo había sido impredecible, no la había percibido en su importancia y cuando se cruzó con la anterior generó una imposibilidad de continuar. En tanto tendencia impulsada hacia un final, no había otra alternativa, Hebert *dixit*, que recapitular la narrativa en proceso dotándola de significación, articulando a tal fin los distintos acontecimientos, la impredecibilidad amenazaba su urdimbre con la aparición de hechos azarosos que escapaban de la estructura narrativa, y me obligaron a reconfigurarla. Este proceso demandó un trabajo retroactivo, resignificando los sucesos del pasado, con el fin de estabilizar la tendencia que justificara la trama.

Al dirigirme al *hall* de la estación, un espacio tan amplio que mi mirada se perdía en la densidad abigarrada de pasajeros que iban y venían o se detenían en los quioscos o los puestos de venta de los más diversos artículos, de pronto, lo divisé entre el gentío, venía hacia mí, era el guarda que me había estremecido con el gemido de su silbato en la estación Bernal, revisaba una pequeña libreta que después, cuando pasó a mi lado, advertí que eran los horarios de los trenes, nunca se fijó en mí, jamás iba a formar parte de sus recuerdos, no había ingresado en su memoria ni voluntaria ni involuntariamente, participaba de la nada del océano de su pasado que le resultaba absolutamente desconocido; llevaba la gorra levemente requintada, las generosas patillas le hubiera provocado un disgusto en tiempo de Rosas, la pulcritud de la raya de sus pantalones y el lustre de los zapatos salían de lo común. Al final aceleró su andar y se subió al último vagón de un tren que estaba por salir. Terminé la frase y observé al axolotl que ha seguido mi divagar con la calma de quien sabe por naturaleza que el pensamiento digresivo es una fatalidad ancestral de los estrábicos.

Me incliné en la silla con un movimiento brusco, el gabán, que había colgado en el respaldo de la silla, se deslizó hacia el piso, cuando lo levantaba vi la punta del paquetito de pañuelos descartables asomándose del bolsillo. En un arranque fetichista lo coloqué en la cercanía del estuche de las gafas del siglo XIX, que se mantenía impasible.

Urdimbres

El tipo de cuero me dice para qué lo voy a usar. El cuero manda: no todo sirve para hacer una soga, un bozal o una rienda.
Amalio Figueroa

Trenzar

En un cajón del escritorio guardo, en un riguroso orden cronológico, las libretas de tapas negras ajustadas con elásticos rojos que he ido completando en los últimos años. Fui registrando las notas breves, a menudo atravesadas por flechas uniéndolas o destacándolas, que remitían a episodios, personas, circunstancias, donde había intuido un componente distintivo que superaban o desmontaban la insistencia de la repetición, las que no se dejaban nombrar por la inflexión del pretérito imperfecto; las fui percibiendo como únicas, se apartaban de la imposición de una clase como envío al exterior para unificarlas, anunciaban la potencialidad de la constitución de series. En definitiva, participaban de la condición de imposibilidad de lo imprevisto. Muchas veces las intuiciones desembocaban en desvíos y confluían con corrientes que las arrastraban a la indiferencia de lo mismo; otras, impulsadas por su propia fuerza se desvanecían hasta perderse en el sin sentido. Con las diferentes, avanzaba en la configuración de relatos, en alguno, en muy pocos, vislumbré la inmanencia de la fuerza que habilitaba la novelización. En la escritura de los sucesivos pasajes encontré la fusión indecible entre la búsqueda de experiencias narrativas y las modulaciones de evocación y recuerdo que residían en mi voracidad de lector. En las novelas que ha suscrito un autor apócrifo, acaso con el deseo manifiesto de confirmar la idea de que el que narra es otro, o como dice Roberto Ferro para constituirse en un heterónimo indeleble, ha habido la puesta en relato de un narrador que expone sus vivencias, sentimientos e ideas en el mundo de sus entornos entramados con las travesías por su biblioteca, y en cada una de esas novelas ha habido, junto con las peripecias narradas, una tentativa de revisión de mis lecturas como viajes, como aventuras.

He sido atraído por la energía de una pasión que reside en ese territorio indiscernible en el que lo que ocurría en el mundo me ha llevado a disponerlo como novelas apoyado en la concepción de que la literatura posee una dimensión que excede la de la vida, la experiencia de lectura es más amplia, más compleja, más indescifrable que la experiencia mundana.

En la caja china del pasado, que he pensado como una extensión sin límites precisos, ese continente en el que mi memoria ha sido conformada por trayectorias fugaces desde las que se divisan puntos titilantes en horizontes lejanos, he ido tendiendo cartografías imaginarias, viviendo peripecias de otros, en ciudades o comarcas a las que nunca transitaré, en tiempos tan alejados del breve lapso que ocupa mi existencia. Alguna vez ante la interpelación de cuál ha sido el episodio más doloroso de mi vida, he afirmado, sin lugar a dudas, que ha sido la muerte del Rufián Melancólico. No he pretendido obviar el dolor por la muerte de mis padres, la de muchos de mis amigos, el desgarramiento por la ruptura de relaciones afectivas con mujeres que abandoné o me abandonaron; cada uno de estos incidentes ha ocurrido por única vez y el dolor o el resentimiento han quedado habitando en mi memoria y los recuerdos los reavivan de manera incalculable; pero la muerte del Rufián Melancólico sucede en presente cada vez que retomo la lectura de *Los lanzallamas,* cada oportunidad es irrepetible. Creo ser de aquellos que necesitan explorar el pasado para continuar el camino, con el deseo de afiliarme a un hilo conductor que le otorgue sentido a esa trayectoria, nunca he pensado que ese sentido sea trascedente, sino en dos de las acepciones de la palabra, como de orientación hacia un final y como el de un cúmulo de significaciones. Acaso sea la pretensión ilusoria de entrever una identidad, ir a buscar en ese pasado es también una manera de recobrar cierta forma de identidad.

En los pasajes de las notas a relatos y, finalmente, la elaboración de novelizaciones, en definitiva he abordado la temática de la construcción de los lazos. Quizá literariamente me han interesado las urdimbres. Especulo que en la construcción de lazos ha habido un dejo de esperanza, de sentimientos e ideas imaginarios más o menos irreales. Cuando digo irreales me refiero a que fueron configurados por mi deseo, idealizados por lo tanto. Los sujetos de las notas, los actores en el mundo que han llevado a cabo las acciones registradas en las notas iban anunciando esos procesos de construcción, el surgimiento de vínculos nuevos inicialmente eran apenas sombras, en los relatos comienzan a perfilar la densidad de su contextura. He perseverado en la continuidad de mis notas distinguiendo una magia premonitoria en la escritura; han sido el punto de anclaje para divisar una época restringida al presente de las acciones, un avance sobre las tinieblas de eso indiscernible que he nombrado como pasado, constituyendo una zona iluminada, un lunar entre tanta oscuridad.

Tío Pedro, de quien he heredado la oficina, solía invitarme a pasar unos días en una isla del Tigre donde tenía un refugio, así lo llamaba para guarecerse del peor de los males que caracterizaba como el contagio de la ansiedad de los otros, un modo sutil de eludir la exigencia de asumir que el rimo existencial podía ser captado hasta el punto de fusionarse con vidas ajenas y correr el riesgo de consumir el tiempo vital en derivaciones vicarias. Empeñado en transmitir fragmentos de una pedagogía dispersa, insistía en que visitáramos, en una de las islas vecinas, a don Amalio Figueroa para que, mientras mateábamos y ellos se internaban en largas y pausadas conversaciones, yo el adolescente estrábico me convirtiera en testigo obligado de las destrezas de su profesión.

Amalio Figueroa practicaba un oficio de guasquero, un artesano del cuero crudo de guasca, del quechua waskha, significa "soga o tira de cuero utilizada para trabajos rurales", acotaba mi tío en cada visita, como para que yo fijara la referencia y agregaba: "son una figura típica del Río de la Plata y parte de Rio Grande do Sul y se estima que nacieron con las conquistas españolas". En su taller se destacaban los delicados trenzados, bozales, maneas, rebenques y lazos que exhibía en paneles a vista de quien se llegara hasta la isla.

Regresaba a esas escenas para recuperar algunos fragmentos de aquellas charlas interminables: "para aprender, no hay nada mejor que carecer, pero quien tiene una inquietud la debe plasmar en objetos tangibles", "Yo trabajo con cuero natural y lo ablando a golpes, no le echo ninguna química y puede durar quinientos o mil años"

El secreto estaba en el momento que se le quitaba el cuero a la vaca: debía ser bien tensado para que quedara muy tirante y se lo ponía a secar. El trabajo principal era estirarlo bien cuando estaba fresco. Emparejaba el recuerdo con el presente de mis notas y el tratamiento del cuero, la etapa previa al trenzado dependía del tipo de material que prefigura el uso. Mientras acomodaba las libretas negras como el ejercicio necesario para afirmar mi inclinación, volvían las palabras de Amalio: "el cuero manda: no todo sirve para hacer una soga, un bozal o una rienda. Para el rebenque, por ejemplo, el cuero tiene que ser bien parejo." Y: "yo hago las cosas para que duren", solía resumir el proceso, que se fijaba también en la sana alimentación de los animales y hasta en los pormenores de la composición de los terrenos en los que fueron criados los animales para medir la calidad de los cueros. Correlativamente con la nitidez con que se asoman los conceptos cuando son atraídos por la fuerza magnética de las metáforas, la caracterización del cuero con el que iba a trabajar Amalio, se parecía a las motivaciones que me llevaban a optar por tal o cuál situación para registrarla en mis notas. Sobre las paredes se destacaban en paneles las herramientas que hacían al oficio del guasquero: las lesnas de corte y de tejido, el sacatiento, el martillo y el cuchillo. Sacar y estirar, que él llamaba lonjear, cortar y sobar eran los pasos necesarios para que el cuero quedara listo para trabajar.

Mis herramientas eran distintas: la estilográfica que me aseguraba el trazo rápido de la tinta fresca que se deslizaba sobre el papel con agilidad; los lápices de mina gruesa con que las pasaba a relato, habilitaban ser borrados con una goma blanda o tachados como último recurso, el tercer paso era el teclado y la pantalla de la computadora y, por último, aunque no en ese orden puntuaba alternativamente cada uno de los pasos, era la remisión a la biblioteca, estableciendo un cruce entre la memoria reciente de los hechos y la memoria imaginaria de un pasado extenso y de difícil ordenamiento por sucesiones.

Si las operaciones de Amalio sobre el cuero eran correlativas a mis procedimientos para procesar las notas, el momento del trenzado, que variaba, en su caso de acuerdo con el tipo de objeto que estaba trabajando, tenía lugar al disponer la trama de los sucesos que actuaban los personajes, estirando o cortando las secuencias.

Me había inclinado por esa constelación metafórica ante la más fatigada del telar y el tejido de tapices, Henry James mediante, no por desertar de una metáfora desgastada hasta el estereotipo, sino que había dos motivos que reforzaban la idea del trenzado, por una parte la genealogía del recuerdo que me llevaba al tío Pedro y, por otra, estaba convencido que la materialidad de mi escritura como la faena de un artesano, se aproximaba más a la de un guasquero que a la de un tejedor.

Cuando ya había elegido la búsqueda del ejemplar único de Eduardo Miranda y las cartas de Onetti y Kostia para las notas que iban a entramar mis relatos como antecedente de una posible novelización, en Maldonado la huella sangrienta, en un libro de Alejandra Pizarnik me sacudió con la evidencia que, tal vez, no sabría cómo narrar el surgimiento de un vínculo, que se manifestaba como latente. La noche en que deliberamos, con Hebert, se delineó la única alternativa viable, debía desacoplar la urdimbre de dos series y trenzarla nuevamente incorporando la narración de esas peripecias inescindibles.

Las series, el arreglo de los sucesos en secuencias no necesariamente responde a cadencias similares, ese procedimiento forma parte del entramado de la narración, del trenzado de las diferentes ilaciones; la del libro único dependía exclusivamente del regreso de Gregorio Flores; en la inquisición en torno de la figura de Kostia que seguía atada a la vía de acceso por Julio Adín, se había abierto una opción de la mano de Hebert. En un largo mensaje de texto señalaba la posibilidad de que se pudiera extender la búsqueda a otros testimonios por fuera de los señalados en las tarjetas de Nicasio Gómez, alguna discordia afectiva lo impulsaba a distanciarse de Montevideo y como me confesaba, "perseguir a Julio Adín en los recovecos de Maldonado es una buena terapia".

Los martes y viernes estaban puntuados por la intervención en la oficina de Jovita que reponía el orden y la limpieza de los entreactos semanales, atendía también a Julio. Mi cable a tierra era el momento en que preparaba los paquetes con los envíos de libros para el correo, que afortunadamente, continuaban con un ritmo más que aceptable, tanto, que me permitían espaciar mi presencia en remates y visitas a los que ofrecían bibliotecas en venta. Atravesaba un periodo en el que mis vínculos con mujeres quedaban reservados al placer de lujosa imaginería onírica. Todo ello no exigía notación alguna, se repetían con una cadencia similar al sonido acompasado de los viejos relojes.

La impresión de las pruebas

En cambio, las actividades de Marina habían entrado en una dinámica en la que las novedades se encabalgaban unas sobre otras. La noche posterior a la conversación en el bar, luego de estar en el escenario del crimen, llegó con un sobre con fotografías y un *pen drive* con los archivos de la *notebook* y el celular de Clara.

Fue distribuyendo las fotos impresas sobre el escritorio superponiéndolas en montones; en un extremo situó la computadora para examinar las imágenes virtuales, tomando como centro de interés lo anodino, lo vulgar, lo cotidiano, transformado por obra y gracia de la imágenes en un centro de interés desplazado de Clara al sospechoso del que sólo teníamos como referencia la estatura.

Como sujeto fotografiado, indagábamos en una confesión involuntaria, además de alguien que sobresalía por la altura, rastreábamos un simulador que al sentirse observado por el objetivo, hubiera sido capaz de un traslado que lo transformase por adelantado en imagen.

En definitiva, ese anónimo debía ser un personaje que hubiera armado una pose que no coincidiera con su imagen y, al plantearnos el por qué esa dicotomía, nos acercaría a él por contradicción.

Marina comentaba que se imponía el esfuerzo de deslindar lo que le recordaba, ante cada fotografía, su relación; el ligero malestar que la embargaba cuando se veía junto a Clara. Malestar seguramente provocado por esa especie de esquizofrenia que implicaba lo superfluo de las evocaciones del pasado que podrían impedir enfocarse en el indicio que abriría la emergencia de la revelación de la identidad del asesino.

Marina había hecho una meticulosa selección, obviando lo vinculado a la vida familiar, esa zona del espacio y del tiempo que remitía a un período anterior a su vida juntas; repudiada por quienes decían desconocer a Clara y, que tras su muerte, habían edificado un prolijo muro de silencio, instaurando la fecha del fallecimiento antes de cualquier evento perturbador para la buena moral y costumbres. Tampoco había imágenes de intimidad; solas, leyendo o cocinando, sino que se repartían en espacios compartidos por Clara, privilegiando el taller de Lina Rizziardi, donde asistió por años una vez por semana; comparando docenas de fotografías no había ni una de las personas que las compartían que se acercara al modesto *identikit* del que disponíamos. Arribamos a una conclusión similar en las escenas de presentaciones libros, lectura de poemas, viajes de vacaciones; ni la más mínima sospecha.

Tras horas de prolijo escrutinio, volvimos al principio, al punto cero. Marina mantuvo la compostura ante las imágenes que acentuaban lo definitivo de la muerte de Clara en las fotografías, eran la evidencia indubitable para de su devenir objeto, espectro, solo imagen disponible en un archivo. Mi mirada era diferente; iba visualizando, en aquel mosaico, un rostro que se ocultaba a medias tras una cabellera rubia, un cuerpo delgado y las manos inquietas que siempre parecían dispuestas a iniciar un vuelo, componía las marcas que completaban un nombre arrojado a mi relato como consecuencia de una huella sangrienta, me costaba ajustar lo que había imaginado con la concreción dispersa que se desplegaba frente a mí

Contradiciendo mis expectativas, fue recogiendo las fotografías y el *pen drive* y al final dijo: «Por ahora se está escabullendo. Pero todavía hay otro escenario en el que quizás lo podamos cazar, cuando haya concertado la idea que he ido imaginado, se la cuento.»

El mensaje de Hebert era breve, conciso y contundente: "Hace un par de años anduvo por Maldonado el historiador Eliseo Pallares, profesor de la carrera de Historia en Filosofía y Letras, que recabó información sobre Julio Adín."

Un doble agente

Antes de acostarme despaché un correo breve a Eliseo Pallares en el que comentaba la coincidencia de mi investigación en Maldonado con la suya y le adelantaba los nombres de Julio Adín y de Juan Ítalo Constantini, alias Kostia. Minutos después, contestó: "Por la mañanas suelo estar en el Instituto de Historia Argentina y Americana Emilio Ravignani. Cuando me confirme podemos dialogar". Y enseguida otro, en el que me especificaba la dirección como quien advierte que lo que es cotidiano y habitual para uno, puede ser desconocido para otro. Sin demora, propuse que podría ir a la mañana siguiente.

Habíamos concertado que iría a las diez. Salí por San Martín, me separaban dos cuadras, era el horario de apertura de los bancos, pequeños grupos se agolpaban ansiosos de recibir la bendición, o ser excomulgados por los sacerdotes que habitaban en esas catedrales.

La que había sido la casa matriz del banco Germánico de la América del Sur hasta 1945 era, desde hacía años, sede de los Institutos de Investigación de la Facultad de Filosofía y Letras.

El acceso principal está sobre la calle 25 de Mayo, desde la cual se accede a un pórtico, luego a un vestíbulo, donde se encuentran los ascensores, y, finalmente, a un amplio salón. El revestimiento de la fachada todavía conserva el esplendor del granito y piedras calcáreas, en el los interior los pasamanos de bronce y las escaleras de mármol. Se reconoce en el estilo del edificio con una marcada severidad y un aire art decó, una difusa influencia alemana. Preferí eludir los ascensores y atravesar por un pasado del que reconocía los vestigios y el deterioro de un inactuable presente. Mientras que afuera había visto cómo feligreses ansiosos esperaban la apertura de las arcas; mi llegada coincidió con el final de las clases del primer turno de los cursos de idiomas extranjeros, las puertas de las aulas expelían a los alumnos que salían como impulsados por una extraña energía.

La sala en la que me esperaba Eliseo Pallares estaba ocupada casi en toda la superficie por una mesa, las sillas que la rodeaban se rozaban con los estantes de las bibliotecas que cubrían las paredes, por un ventanal la luz de la mañana de sol pleno inundaba la estancia, como si fuera el rumor lejano de un oleaje indeciso los sonidos de la calle se filtraban tenuemente.

Había algunas pilas de libros y carpetas sobre la mesa y una *notebook* en el extremo opuesto a la puerta de entrada. Pallares me recibió cordialmente, era bastante mayor de lo que me había imaginado, los lentes quevedos que usaba concordaban con la prolija barba candado que encerraba la boca de labios finos. Hablamos sin preámbulos, hasta que nos situamos en la encrucijada en la que nos habíamos encontrado. En un momento se levantó y fue hacia el ventanal, como si repasara sus apuntes inició un monólogo, de vez en cuando me dirigía la mirada.

«Progresivamente he ido afinado el enfoque de mis estudios; al principio abarcaba un período de veinte años en la historia política y social argentina, desde antes de la guerra hasta el reacomodamiento de las fuerzas políticas tras el triunfo de los aliados; a medida que iba estableciendo el marco general y los actores fundamentales fui dirigiendo mi atención a un grupo de personajes aparentemente marginales que me permitían comprender con nitidez el modo en que se gestaron algunas decisiones en las altas esferas del poder. Había ido acumulando documentación con testimonios precedentes al menos de dos campos opuestos: el de aquellos que fueron fieles a las normas y el de otros individuos, igualmente comunes, cuyos puntos de vista no siempre coincidieron con los dictados de los gobiernos o de la moral imperante y cuyas prácticas cotidianas pudieron estar en contradicción con la que ingenuamente aceptaríamos si creyésemos que siempre se cumplían las normas. Para darle dos ejemplos específicos: Raymond Molinier y Julio Adín, los dos provenían de la izquierda europea, los dos llegan al Río de la Plata mediante transgresiones con la documentación, los dos establecieron vínculos con los servicios de inteligencia británicos. Hay diferencia de unos pocos años en el arribo a la región, sin embargo, si trazáramos una línea que esquematizara sus trayectorias, más allá de la variedad trabajos y ocupaciones a las que se dedicaron, siempre habrá un eje inviolable, siguieron manteniendo una coherencia política a lo largo de sus vidas, Molinier con las diversas corrientes de la izquierda trotkista y Adín con la causa sionista. De Molinier he logrado componer un archivo que me permite establecer sus actividades con rigor documental. Con Adín, en cambio, he tenido dificultades, se ha movido en la trastienda de los escenarios públicos, tengo grandes lagunas que me impiden el armado de su recorrido; cuando me consultó sobre mi excursión a Maldonado, mi respuesta fue instantánea, estoy convencido que podemos intercambiar información que será de utilidad para nuestros intereses. Con ese objeto lo pongo al tanto de mis investigaciones.

En términos generales, la izquierda integró el amplio y heterogéneo frente político internacional que llevó a cabo una iniciativa de vasto alcance en pos de conseguir apoyo en la opinión pública mundial a favor de la creación del Estado de Israel. Adín llega a Montevideo en 1933 con algo más de veinte años, a pesar de su juventud, ya tenía una sólida formación política y la experiencia de haber ingresado a Uruguay por intermedio de la falsificación de sus documentos con la complicidad venal de un cónsul. Hay evidencias de su adhesión el partido laborista Mapai que conformará una de las principales columnas vertebrales del Estado de Israel; uniendo los dos extremos queda en claro la coherencia de Adín, desde 1965 residió en Jerusalén hasta su muerte en 2006 donde ejerció el periodismo y sus relevantes actividades fueron una ratificación de su compromiso con la causa judía.

En Buenos Aires, a mediados de los años treinta, va a establecer nexos con el Partido Socialista que tenía una posición de firme apoyo a la creación del Estado de Israel. Dada la gran importancia, en términos demográficos, económicos y culturales, de la comunidad judía argentina, como de la emigración de judíos argentinos a Israel, el estudio de las posiciones políticas de las organizaciones locales de izquierda, frente a esa cuestión reviste un interés académico particular, máxime si se tiene en cuenta que la utilización de la ideología socialista fue clave en el proceso de colonización de Palestina en dos aspectos: por un lado, por el rol jugado por el movimiento laborista en la organización de la colonización propiamente dicha y, por otro, por la legitimación política de este proceso a nivel internacional, pues se presentaba al nuevo Estado como un enclave democrático en Medio Oriente, con instituciones socialistas.

Durante la guerra, Adín tuvo activa participación en el ingreso subrepticio a la Argentina de refugiados judíos provenientes de Europa. En ese período nuestro país era neutral, el mensaje era claro: la Argentina no quería recibir a refugiados, pues de eso trataba, en el caso de solamente a inmigrantes y seleccionados con un filtro estrecho. Fue la posición que mantendría desde 1938 hasta 1944, al tratar las solicitudes de entrada al país de los extranjeros. También en los casos de ciudadanos argentinos republicanos o de religión judía se verifica que las múltiples y complejas exigencias de los funcionarios ante quienes se gestionaba la documentación, sumadas a las maniobras dilatorias resultaban obstáculos, muchas veces invencibles, para retornar al país, sobre todo cuando no eran nativos sino naturalizados. Aquí entra a jugar Adín y sus vínculos con grupos de contrabandistas de repuestos para camiones, y tractores desarmados que hacían base en la isla Juncal, en medio del Río de la Plata, regenteada por la mítica Julia Lafranconi, constituyéndose en una zona de tránsito obligado para inmigrantes indocumentados. Al analizar en profundidad el rol de Julio Adín, puedo afirmar que sus acciones son propias de un doble agente.

El problema del agente doble es interesante, la persona que es capaz, de alguna manera, de tener competencias desdobladas y superpuestas es una figura, al mismo tiempo doble, en el sentido negativo de la palabra, ambigua, reversible, también remite a una figura que domina las dos o más culturas de referencia.

Respecto esa problemática, Adín se mueve como alguien competente en espacios como el único capaz de traducir códigos de unos a otros, a veces, de forma creativa, creo que, efectivamente, no he avanzado mucho y, en este sentido hay un campo de investigación abierto y fértil.

En la noche porteña, su marcada inclinación a ser habitué de los cafés, de los cabarets, lo habilitaba a estar en contacto con ambientes en los que circulan todo tipo de mensajes. Su cotidianeidad con mujeres que lo colocan, prácticamente, como una especie cercana a un macró se corresponde con la certeza de que en la intimidad de los cuerpos es donde se aflojan las reticencias y los secretos.

Hay muchos datos, muchos fragmentos, pero falta un mapa. Pienso en los camuflajes, que era un aspecto de las estrategias de disfraz que se utilizan para mantener el secreto. Se ha dicho que el ladrón no escapa corriendo sino caminando normalmente como los demás, la normalidad es el mejor camuflaje. Ya que es en el mundo normal, en las apariencias, donde es posible esconderse mejor, el camuflaje no es un disfraz visible, sino algo diferente: una manera de utilizar la costumbre con la finalidad del secreto. Ahí es donde se me resbala Adín. Fui a Maldonado, había establecido relaciones que se extendieron más allá del período de la guerra, en particular, en años decisivos para el establecimiento del Estado de Israel.

Por lo tanto, como una primera llamada de atención, es recomendable poner en duda la vigencia real de los principios aceptados, las leyes promulgadas o los criterios morales impuestos; aunque, obviamente, tendremos que partir de ellos; pero, no de la aceptación sino de la discusión. Hay que referirse a los códigos de moral, a la formación de la sociedad burguesa, al surgimiento de la intimidad, a la sumisión de las mujeres, a los cambios en las relaciones de trabajo; no como dogmas inconmovibles sino coma hipótesis o propuestas a partir de las cuales pueden abrirse nuevos espacios. Se ha señalado que lo que caracteriza al historiador es su capacidad para extrañarse ante lo que parece evidente, lo cual autoriza a cuestionar afirmaciones reconocidas y a proponer explicaciones alternativas. La nueva lectura de un documento, o las diferentes perspectivas de un mismo problema, pueden enriquecer nuestra visión de los hechos. La historia de lo cotidiano es un campo nuevo en el que cada día se abren nuevos caminos. Tenemos más preguntas que respuestas, necesariamente arriesgamos propuestas discutibles y sugerencias pendientes de nuevas comprobaciones.

Hay un vacío en sus negociaciones con los cónsules, quienes se ocupaban de lo que se refería a las personas: documentos administrativos y pedidos de visas, que se transmitían a Buenos Aires. Si trataba de ciudadanos argentinos, además de vehiculizar gestiones, tenían la obligación de defender sus vidas, sus derechos y sus bienes. Pero debían probar que eran argentinos, lo que no era fácil, el acta de nacimiento no bastaba; y además, que no habían utilizado otra nacionalidad. Esto significa que los cónsules son, a la vez, el primer contacto de los solicitantes, y quienes toman la primera decisión al inscribir su opinión personal en el reverso del documento llenado por aquellos, donde hay una casilla destinada a ese efecto.

Incluso respecto a los judíos argentinos se hicieron odiosos distingos que resultaron luego determinantes para su supervivencia. El embajador Ricardo Olivera, un personaje clave en esta oscura página de la historia argentina, ya desde su puesto en Berlín, había establecido una substancial diferencia entre los ciudadanos judíos nativos y los naturalizados, pues a éstos los sometía a un exhaustivo interrogatorio y les exigía pruebas documentales que probaran "su grado de argentinidad", como la comprensión del castellano y el no haber pedido, ni disponer, de otra nacionalidad. Lo mismo impondrían luego en Francia. De hecho, la política general seguida por los cónsules argentinos en Francia, y en el resto de la Europa Ocupada, fue la de desentenderse de la suerte de los judíos extranjeros y concentrarse en la defensa de los bienes y vidas de los argentinos. Mi hipótesis es que su complicidad con la inteligencia británica permitió a Julio Adín aproximarse a funcionarios de la cancillería, permeables a negociar la tramitación de pasaportes y su participación en el contrabando de productos al Río de la Plata le aseguraban la connivencia con las bandas vinculadas a ese tráfico. Es en este aspecto que se refuerza mi conjetura en torno a su condición de doble agente; ejercía la trasgresión en dos campos simultáneamente sin alterar el compromiso con las ideas políticas que rigieron y orientaron el curso de su vida.

La intervención de Julio Adín en el exilio obligado de Nicasio Gómez, así como en la ubicación de Wilfredo Cardozo como portero en el *Marabú*, son indicios de que continuaban abiertos sus contactos en la posguerra. La portería es un puesto clave para registrar la circulación de personas, la reserva con que Cardozo le refirió a sus relaciones con Adín, digo el recorte que aludía a las zonas de lo habitualidad, me genera la duda de su sinceridad, al menos de sus omisiones.

He tenido que confrontar con quienes no aprueban el desplazamiento de mi objeto de estudio con las críticas de que lo cotidiano nada representa y para nada sirve, que las menudas vicisitudes de los hombres insignificantes son precisamente eso: insignificantes e inapreciables. Mi idea es que Julio Adín no entra en ese ordenamiento, ese era el disfraz, la ambigua trasgresión a la normalidad, en la que se encubría para operar en las sombras.

Quizá una mirada superficial pueda proporcionar esa imagen; el análisis detallado de los símbolos y de los procesos de adaptación a las costumbres, como de los contrastes entre valores y prejuicios, permite penetrar en aspectos de la mentalidad social difícilmente accesibles por otros cauces. Es oportuno precisar que los prejuicios no son, en esencia, más que la aplicación del sentido común, a su vez guiado por la asimilación de una serie de creencias que pretenden explicar cómo es el mundo y cómo funciona la sociedad. Por ello, la interpretación fundada en documentación y testimonios sobre las actividades de personajes supuestamente marginales habilitan para delinear algunas ideas que permiten situar sus prácticas y operaciones encubiertas dentro de un marco general en el que la historia social y la historia cultural son el referente obligado, estudiados desde otro ángulo.

Persigo sus rastros, tanto en el ámbito de la política tal activo militante del sionismo como en sus lazos con las bandas de contrabandistas y los ambientes prostibularios. Uno de los mayores vacíos de mi investigación es la vida familiar de Julio Adín, no tengo referencias si alguna vez se casó o tuvo hijos, es una cuenta pendiente sobre la que estoy explorando, por ahora sin resultados. De todos modos, hay que tener paciencia y confiar en el mediano plazo; paciencia y perseverancia pavimentan la única vía que otorga seguridad.

He traído de Maldonado algunas pistas acerca de gente del hampa que actuaba en las dos orillas; del exilio de Gómez y de la recomendación de Adín para que Cardozo trabajara en el *Marabú* recién me entero por lo que usted me cuenta. Yendo a una de sus preocupaciones, de Kostia, o Juan Ítalo Constantini, tengo algún dato suelto que lo menciona con otros, como Onetti, formando parte de los grupos con los que se reunían y con los que tenía amistad Adín.»

Al despedirnos, hizo un leve ademán de contrariedad como reparando un olvido, fue hacia una de sus carpetas y me trajo la copia de una entrevista que María Esther Giglio le había hecho a Julio Adín en julio de 1990 para revista *Brecha*; yo la había leído en Internet; opté por callarme, apreté sus manos en señal de agradecimiento y saludo.

Algunos tientos

Las luces que titilan en el vasto océano del pasado, los rescoldos, no son fantasmagorías ni espectros, ni meras ilusiones; son señales de la posibilidad de avanzar sobre la cerrazón, aparecen como la causa material de la anterioridad. Ha sido real, y de una manera ordenada, el mundo en el que he vivido y del que en gran parte no tomé nota, literalmente, no lo percibí; igual de real que el mundo anterior, el pasado más allá de mi existencia. Como nunca antes he estado especulando en la disyuntiva del sentido de mis acciones, atrapado entre la anterioridad que la posibilita y la deriva de lo que he ido intentando comprender de las situaciones en las que me he movido en los sucesivos y fugaces presentes; lo que he puesto en dilema ha sido el modo relativo con que voy imponiendo o no mi obrar con las personas y las acciones consecuentes. En la práctica, entonces, el sentido de mis acciones no remite solo a un fundamento anterior, sino a las consecuencias que resultan de ellas. A lo que habría que añadir esta otra consideración: la anterioridad temporal integra mi realidad en la medida en que pueda ampliar las zonas de mi conocimiento; en cambio, el pasado histórico, esa inmensa dimensión inasible que ha precedido mi vida, es un legado que se degenera progresivamente hasta perderse, si no habilito las vías de acceso a su conocimiento; en otras palabras: o decido develarlo en un momento dado y ponerlo al día, o se perderá irremisiblemente, al menos para mí. Venía de estar con Pallares, un historiador, el rasgo más relevante que he retenido para caracterizarlo han sido los lentes quevedos, a diferencia de los míos, recetados para ajustar una visión estrábica; dos prótesis, un historiador y un vendedor de libros raros mutado en novelista, portan suplementos diferentes con una misma funcionalidad, la de asegurar la visión; la divergencia se debería situar en las estrategias diversas de concebir el final, de configurar la culminación. La remisión al final debería ser más débil en la historia que en la novela, por la diferencia en la construcción de las tramas en la que se desenvuelven las narraciones.

Lo pasado para mí fue presente para Kostia, Onetti, Adín, Miranda; ellos han muerto, han dejado sus obras a disposición de la generación siguiente, la prosecución de sus obras las ha de acometer quien no las empezó, su significación, su trascendencia, con la carga temporal que implica las ha de encontrar quien no las consumó. Lo que han dejado al morir, otros lo reciben; y para continuarlo, para actuar desde lo recibido, se exige una comprensión del pasado, ese ha sido en trance que asomó en toda su complejidad cuando la huella sangrienta en el libro de Pizarnik trastornó el proceso de recopilar y registrar los retales de mi vida en escritura. No solo por mi voluntad he afrontado la situación para descubrir o inventar su sentido, he sido arrojado a esa disyuntiva.

Y entonces, al abrir el pasado recibido, a un futuro posible, he tratado de rescatar ese pasado de su irrealidad. Un mismo pasado y dos miradas, la historia y la novela son un discontinuo de comienzos libres; por eso también, Pallares y Cáceres, cada uno en su inventiva y la carga de sus decisiones, ese pasado puede estar más o menos lastrado por el pasado; tanto más, cuanto más se demora en él; o bien menos, al rescatarlo para abrirlo a un futuro posible. En suma, ésta ha sido mi situación en orden a su acción práctica: mi libertad estaba situada, y ha de contar para actuar con un legado en el que no había intervenido.

La muerte de Clara me ha instalado en otro escenario en el que Marina me ha convocado a colaborar, ya no como espectador, sino quizás como un guionista con derecho a reformular un pasado para gestar la urdimbre que culmine en otro final. Ya no es la continuación de las acciones, sino una intervención que trastorna el destino de Aldo Bareiro y del asesino, aún desconocido. Pasar de Kostia y Onetti a Adín y de ellos a Pallares y establecer los vínculos con la muerte de Clara y la tenacidad de Clara me impulsaron a retornar a la imagen del guasquero del Delta y convenir conmigo mismo que el trenzado de la trama en la que he estado atrapado no debería obviar el estado de suspensión en el que ha quedado el ejemplar único de Eduardo Miranda.

Rescate

Jovita se quejaba agriamente de la tormenta que azotaba la ciudad, con la complacencia de Julio, que haciendo ostentación de su condición única de pez caminante la seguía activamente en su olla, a ritmo pausado, mientras ella reponía orden en aquello que pudiera perturbar la disposición anterior, la que había quedado tras su última jornada.

Solamente podía escribir en soledad, tampoco tolero compañía siquiera para leer; me interné por un camino colateral, tengo prejuicios con los diarios; lo que hago, en general, no es precisamente leer en el sentido de atravesar un texto para deslindar y diseminar interpretaciones; favorecido por la dinámica de la pantalla picoteo, lejos de ser el lector salteado de Macedonio, sería injusto hacer esa comparación; como resbalar, estaba pasando de la crisis monetaria a la guerra en Afganistán, del córner de Messi al drama de las migraciones en Centroamérica hasta que tropecé con un titular y mi condición estrábica cambió de gesto, de una mirada que apelaba a la rapidez como estímulo para evitar cualquier tipo de retención significativa a una puesta en abismo con lo que venía escribiendo. A continuación y en sintonía con las destrezas de Amalio Figueroa, me animé a entrelazar la reescritura de la noticia en la trama de mi narración como una tentativa de eludir cualquier ensayo de remisión comparativa o de alusión metafórica que hubiera sido insolente.

"Se han encontrado los restos del *Embers* en la Antártida, ciento cuatro años después de que el barco fuera aplastado por el hielo y se hundiera durante una expedición del explorador James Martins.

Un equipo de aventureros, arqueólogos marinos y técnicos localizó los restos del barco en el fondo del Mar de Weddell, al este de la Península Antártica, utilizando sondas submarinas.

El equipo, que luchó contra el hielo marino y las temperaturas bajo cero, estuvo buscando durante más de dos meses en un área de ciento cincuenta millas cuadradas alrededor del lugar donde se hundió el barco en 1909.

El *Embers*, un barco de madera de cuarenta y cuatro metros y tres mástiles, ocupa un lugar venerado en la historia polar porque dio lugar a una de las mayores historias de supervivencia en los anales de la exploración. Su ubicación, a tres mil metros de profundidad en aguas que se encuentran entre las más heladas de la Tierra, lo situó entre los naufragios más célebres que no se habían encontrado. El descubrimiento del pecio fue anunciado el pasado miércoles en un comunicado por la expedición de búsqueda. Las primeras imágenes del barco revelaron partes del buque con un detalle asombroso, una imagen de la popa mostraba el nombre *Embers* sobre un ancla de tres picas, un vestigio de antes de que Martins comprara el barco, cuando se llamaba *Trident*. Otra imagen, tomada desde arriba, muestra la cubierta trasera abierta del barco y la entrada a los camarotes principales. La presión del hielo había dañado fuertemente al *Embers* antes de que se hundiera, y en la imagen, la parte delantera del barco aparece muy destrozada. El director de exploración de la expedición, Gary Stewars, había dicho que, con el agua fría y la falta de organismos marinos que se alimentan de madera en el mar de Weddell, esperaba que los restos del barco se conservaran relativamente bien. La popa, sobre todo, mantenía un aspecto extraordinariamente cercano al original. Aparte de algunos fallos técnicos en los dos sumergibles, y de varios días de suspensión de las operaciones en el hielo, la búsqueda se desarrolló con relativa normalidad. Los sumergibles, alimentados por baterías, peinaron el fondo marino dos veces al día, durante unas seis horas cada vez. Utilizaron el sonar para escanear una franja del lecho marino liso, en busca de cualquier cosa que se elevara por encima de él. Una vez localizados los restos del naufragio, se cambió el equipo por cámaras de alta resolución y otros instrumentos para realizar imágenes y escaneos detallados. Según los términos del Tratado Antártico, el pacto de seis décadas destinado a proteger la región, el pecio se considera un monumento histórico. Los sumergibles no lo tocaron; las imágenes y los escaneos se utilizarán como base para materiales educativos y exposiciones en museos. Martins partió de Inglaterra a bordo del *Embers* con una tripulación de veinticinco personas en 1908, con destino a una bahía del Mar de Weddell que debía ser el punto de partida para un intento suyo, y de un pequeño grupo, de ser los primeros en cruzar la Antártida. Martins nunca llegó al polo ni más allá; su liderazgo en el rescate de toda su tripulación y sus hazañas, que incluyeron un viaje de ochocientas millas en barco abierto a través del traicionero Océano Austral hasta la isla de Georgia del Sur, lo convirtieron en un héroe en Gran Bretaña. Martins tropezó con el hielo marino de Weddell, notoriamente grueso y duradero, resultado de una corriente circular que mantiene gran parte del hielo en su interior. A principios de enero de 1909, el *Embers* se quedó atascado a menos de ciento ochenta y cinco kilómetros de su destino y estuvo a la deriva con el hielo durante más de diez meses mientras el hielo lo aplastaba lentamente. Cuando el barco quedó dañado, la tripulación acampó en el hielo y vivió en él hasta que se rompió cinco meses después del hundimiento. Esa fue la situación este año, y ayudó a la expedición a llegar al lugar de búsqueda con más facilidad y a permanecer allí de forma segura."

Como un eximio discípulo de Groucho no pude evitar despeñarme a una correlación: siguiendo las destrezas de Amalio aseguraba el tiento del nombre del bergantín con la mención de Pallares a Adín que habilitaba el ejercicio de la traducción; el otro componente de la trama, en forma de trenza, era un cabo de dos tientos que reunía a la dupla Onetti-Kostia con Miranda, mientras un tercer tiento, el que me había obligado a reponer el entrelazado, era la huella sangrienta que había sido atraída por la conjunción Pizarnik-Clara Domínguez.

Con avidez continué con mi faena de articular, valga la imagen, la tentativas de Pallares y las mías con el rescate del *Embers*. El hielo y la perseverancia de los exploradores del pasado y los del presente. La expedición partió de Londres a finales de agosto, en coincidencia, Hebert diría insólita, con la fecha en la que fui sorprendido por la irrupción de la huella sangrienta en una librería de Maldonado.

"Se necesitan hombres para viaje peligroso. Salarios bajos, frío extremo, meses de completa oscuridad, peligro constante, retorno ileso dudoso. Honores y reconocimiento en caso de éxito". Este anuncio apareció en la prensa londinense en 1908 y, sorprendentemente, decenas de exploradores acudieron al llamado. El anunciante era el viajero James Martins. Su objetivo: atravesar por primera vez el continente antártico. El *Embers*, el barco con el que buscó concretar esa misión inédita, fue encontrado intacto esta semana en el Mar de Weddell.

Para cruzar a pie la Antártida, Martins había concebido un plan perfectamente trazado: navegarían de Londres a Buenos Aires y después al archipiélago de las Islas de Georgia del Sur. Desde allí, la expedición se internaría en el Mar de Weddell, cruzaría a pie la Antártida y saldría por el sur, al otro lado, donde les esperaría un barco.

La distancia a cubrir era inmensa y el paisaje, desolado. La superficie de hielo de la Antártida, conformada por montículos y grietas capaces de engullir un trineo completo arrastrado por perros, es inhóspita. El clima registra la temperatura más baja de la Tierra, que puede descender hasta ochenta y nueve grados bajo cero.

James Martins, explorador de prestigio, estaba convencido de ser la persona idónea para acometer tan formidable empresa. El osado expedicionario, junto a su amigo Jack Peters, de tranquilo y sosegado carácter, con quien conformaba un perfecto tándem, seleccionó a veinticinco tripulantes de entre aquellos que acudieron a su llamada. Un tal Whitelook, que se coló como polizón, completaría el número final de los exploradores, veintiséis en total.

Enrolada la tripulación, Shackleton buscó un barco marinero que los condujese al sur. Encontró el bergantín *Trident*, que rebautizaría como Embers construido por unos famosos astilleros noruegos, que podía navegar a vapor y a vela, y que había sido diseñado especialmente para acometer un viaje polar, revestido su cascarón de maderas seleccionadas para resistir el embate de los hielos. Desafortunadamente, a diferencia de los modernos rompehielos, era incapaz de navegar sobre el hielo pese a su quilla, en forma de doble uve.

A finales de agosto de 1908, el Embers partió de Londres bajo el mando de Jacks Peters. Martins permaneció en Inglaterra recaudando fondos y se unió a su tripulación en

Buenos Aires. El 5 de diciembre zarparon de la estación ballenera de Grytviken, con destino a la Antártida, llevando vestimenta extra y un talante circunspecto tras recibir negativas previsiones climatológicas.

El desastre ocurrió el 9 de enero de 1909, cuando el hielo se cerró como un anillo alrededor del Endurance en la zona del mar de Weddell. Los veintiseis pasajeros abandonaron el barco antes de que se hundiera y "el Jefe", auténtico líder en ciernes, tomó el mando. Martins creó una suerte de campamento donde logró que la tripulación sobreviviera durante seis meses.

Haciendo uso de dotes de liderazgo, el explorador estableció las directivas que mantuvieron con vida a la tripulación. A sus órdenes, lograron sobrevivir sacrificando a los perros que conducían los trineos y cazando focas.

Consciente de que la expedición se hallaba condenada al fracaso, cambió el rumbo para dirigirse a la isla Elefante, donde se quedaron veinte tripulantes. Los otros seis, a las órdenes de "el Jefe", lograron llegar a Georgia del Sur en busca de ayuda. Un año después, en agosto de 1909, un remolcador chileno rescató los otros veinte que con desesperación se habían refugiados en la isla Elefante. Todos regresaron a Inglaterra sanos y salvos."

Martins fue estudiado por historiadores modernos como un ejemplo paradigmático de liderazgo, capaz de superar las adversidades. El explorador era consciente de que la esperanza es lo último que se pierde. Y por encima de todo, la *Embers* expone la cualidad que siempre remite a un rescate el pasado.

Entre tientos

En la obra de Don Amalio cada operación requería un tipo de cuero específico, una modalidad de trenzado y una tensión adecuada a esos dos procedimientos. Una de las tardes que lo visitábamos en la isla, pronunció palabras sin la jactancia de una parábola, dichas con cadencia y tono ajustados a los movimientos de las manos, ocupadas en la faena, remarcando concordancia ineludible.

Mis narraciones han sido el producto de un perseverante artesanado, quizás sea la razón por la que he persistido en evocar la simetría de mis relatos con la destreza y paciencia con que Don Amalio concertaba los trenzados. Debía trabajar sobre notas con la misma dedicación con que el guasquero preparaba los materiales para luego, disponerlos en novelizaciones; como los exploradores que rescataron los restos de *Embers*. Componer las notas me animaban a sondear más allá de la superficie entre los vínculos y lo que ocurría a mi alrededor, con las personas y los entornos. El riesgo inevitable era que, de aquello que no había sido capaz de advertir se disolviera en la nada, salvo cuando la huella sangrienta se presentó con el ímpetu de lo inesperado y me obligó a recomponer mis tanteos.

Todo a fin de comprender el mundo anacrónico y atópico que ficcionalizo en mi narrativa, con aspiraciones literarias. La conjetura que podría sostener, los intentos por imaginar el mundo anacrónico y atópico novelizado me ha llevado a considerarlo como una figuración de la concepción de lectura, y del estatuto a contratiempo de mi insistencia en volcarlo en diversas variaciones de escritura,

Hay un conjunto de términos en ese territorio: "rescoldo", "entramado", "urdimbre", "inesperado" "cancelación de toda posibilidad", "huella sangrienta" "contrabando" cuya asociación permitiría instaurar una imagen a escala reducida del singular mundo que he traspuesto en narraciones, trastornando la multiplicidad de derivas de series temporales simultáneas, convergentes y divergentes. Series como tientos que se entrecruzan, y que se alejan, sin perturbar el rumbo de cada una de ellas en un mundo tan deslocalizado y detenido por el asedio de la simultaneidad dinámica y multidimensional. Un mundo insostenible en las convenciones del tiempo histórico, como de cualquier horizonte de sentido marcado por el anclaje a tal o cual espacio determinado.

He optado por repasar los escritos pretendiendo ordenar un elenco de ideas o conceptos que me habiliten para ajustar el dispositivo de lectura a partir del cual, he buscado interpretar críticamente la narrativa desplegada en mis novelizaciones; las resonancias me han resultado productivas en tanto que me han permitido apreciar la recurrencia de la transfiguración espacio-temporal que se ficcionaliza en ellas. En primer término, ha aparecido el anacronismo como una dimensión de tiempos múltiples, cargada de dislocaciones e impasses, que suspende todo vínculo tutelado por la díada causa–efecto, para proponer un régimen temporal ya no uniforme y contiguo, sino diferido, etéreo e impuro. Al reformularla, productivamente, según ciertos rasgos que, a la luz de mis especulaciones, se postulaban como inherentes al concepto: específicamente el carácter reactivo, literario y contemporáneo del anacronismo.

Reactivo, en primer término, por su doble propiedad de reacción y transformación. En el proceso de puesta en relato de mis notas he perseverado en proyectar el presente sobre las circunstancias narradas, negándome deliberadamente, o no, a situar una impronta de época que para adecuarlo "con veracidad", de acuerdo con una lógica causal. Me he apartado de cualquier ensayo de concordancia cronológica de la temporalidad, tal como se ha expuesto en el entrecruzamiento de series y la figura modélica del guasquero para abordar las diferentes modulaciones de los flujos temporales que operan en cada circunstancia. Mi conjetura en adscribir al anacronismo no ha pretendido atentar contra la sucesión de los tiempos sino quebrantar una operación vertical de similitud y empalme entre el tiempo de lo vivido y un tiempo disruptivo de la escritura.

He narrado asediado por la paradojal experiencia intempestiva que me imponía el presente. El anacronismo de la huella sangrienta se erigió como una vivencia desfasada, inactual, en el centro de una temporalidad narrativa poniendo en escena la perturbación centrada en la de concomitancia, en la convivencia sobre una misma superficie escrituraria de dos, o más, temporalidades urdidas a partir del desguace cronológico. Como ya lo he pensado, la temporalidad del relato no ha emergido como una cuestión de posición, sino como un asunto de contigüidad y correspondencia. De ahí la diferencia entre el artesanado de Amalio Figueroa y el mío, el suyo era espacial, el mío temporal como la narrativa va sucediendo. Para quedar situado, no en el fulgor de la actualidad ni en la nostalgia del pasado, sino en el umbral inasible entre un "no todavía" y un "ya no"; el anacronismo para brindar la distancia necesaria para relacionarse fecundamente con su tiempo, sin cegarse con las "luces" del presente, ni quedarse detenido contemplando los fósiles de lo ya muerto.

La celada

Como si Sarkis fuera un imán discontinuo, al regresar de una reunión con un profesor alemán que nos había encargado la extensa lista de publicaciones sobre las gestas anarquistas de principios de siglo XX, Marina me esperaba en la puerta de la oficina. No me costó inferir que se había producido algún giro importante, ni bien cerré la reja del ascensor ya estaba a mi lado exaltada y ansiosa. No me dio tiempo siquiera a acomodarme y se largó a contar:

«Iban pasando los meses y no lograba avanzar con la búsqueda, Asconzábal insistía en su tesitura de que le aportaba coincidencias pero, ni una certeza que justificara mis afirmaciones, hasta que apareció la prueba, la huella de sangre en el libro de Pizarnik y el detalle de que el vendedor al catedrático en La Plata era alto, con eso no alcanzaba para identificar de quién era esa huella.

El otro día, cuando examinamos las imágenes, el resultado fue decepcionante, era como volver a cero y con otra frustración a cuestas. Me propuse revisar, una vez más, las imágenes y fue cuando caí en la cuenta de que Clara asistía en el taller tres horas por semana, había participado en algunas lecturas de poemas, muy periódicamente, y tenía montones de fotografías; en cambio, al consultorio donde trabajaba como recepcionista, iba tres veces por semana en jornadas de seis horas, esto desde hacía más de dos años y había una imagen con el doctor Garófalo sonriendo. No es habitual que alguien se disponga a tener muchos recuerdos del lugar donde trabaja.

El doctor Garófalo tenía un gran aprecio por Clara, fue uno de los que más se conmovió con su asesinato; al principio puso algunos reparos a mi pedido; la insistencia logró disipar sus dudas; en particular luego de que Asconzábal le asegurara la absoluta confidencialidad; recién entonces aceptó hacer un rastreo sobre sus pacientes.

Diego Mendieta, reunía rasgos que lo situaban en la mira para una eventual prueba: era alto; Garófalo lo describía como dispuesto al diálogo y algo pagado de sí mismo y, básicamente, había asistido al consultorio tres veces en el mes y medio anterior al crimen, que lo situaba como potencial sospechoso.

Garófalo lo citó con la excusa que correspondía hacer un análisis completo para verificar el resultado de los medicamentos que le había prescripto.

Ese día yo iba a asumir el rol de recepcionista, Asconzábal me entregó un bolígrafo de un material adecuado para registrar huellas dactilares. Esa tarde se me ocurrió llevar un libro de Neruda para corroborar el perfil de Mendieta, con la idea de que era un señuelo para provocar que alardeara con sus saberes.

Habíamos tomado recaudos, Curioni entraría a la sala de espera tras Mendieta, por si surgía algún contratiempo. Me arreglé para cumplir con mi papel. Todo iba de acuerdo con lo previsto, Garófalo no había hecho citas para esa tarde; el tipo no más llegar, se fijó en el libro y se despachó con una cháchara, pavoneándose. Le expliqué que el doctor necesitaba armar una base de datos y debía llenar una ficha; no habíamos calculado que él podría cumplir el trámite con su lapicera, como movida por un resorte, que debo confesar no sé cómo se me disparó la ocurrencia, le pedí amablemente que lo hiciera con la mía, se cumplimentaban todas con la misma tinta. En síntesis, obtuvimos la huella y Curioni, con disimulo, lo escrachó con fotos. Ya se debe haber dado cuenta que vine porque le traigo una gran noticia: la prueba confirma que la huella es de Diego Mendieta. El doctor Asconzábal ha preparado la presentación ante el juzgado de las pruebas, para pedir la detención; en cuanto se cumplimente el trámite, ha programado un raid de entrevistas, la idea es jugar la partida en dos escenarios, el juzgado y los medios.»

La destreza de Amalio Figueroa se desplegaba en su manejo del espacio, los tientos se entrecruzaban armando una trama que dependía del tipo de instrumento que iba componiendo. Mi entramado se expandía en el tiempo; si al principio tuve que destejer los tientos de las cartas de Onetti y Kostia que urdí con el ejemplar único de Miranda, cuando la aparición de la huella sangrienta me impuso la necesidad de volver a empezar, esta vez las otras series habían quedado tensadas y en espera; el despliegue de la historia con la que me había cruzado en Maldonado venía a habilitar un enlace que aseguraba la continuidad de la narración. Dependiendo de la potencialidad de los rescoldos en las otras series, tensaba las notas que había tomado de las novedades que había traído Marina para que se extendieran en relato, abriendo las expectativas a posibilidades en ciernes, para continuar con la urdimbre.

Prosas profanas

Hablar por teléfono con Gregorio Flores exigía aceptar la apretada síntesis de frases disparadas al ritmo, a la puntuación de un operador de telégrafo que trasmitía mensajes en código morse. Me llamó cerca de la medianoche: "Encontré tu mensaje. Tengo lo que andas buscando, pero hay más. Vení al Mercado a mediodía". Solo hubo un escueto marco para los saludos y la despedida.

Mi relación con el mundo a través de los sentidos ha sido una interminable y fraudulenta renuencia a aceptar, sin más, sus efectos y desvíos; acaso sea la consecuencia de mi estrabismo que se extendió a los saberes ligados al contacto sensible, producto de los múltiples episodios que me sacudieron desde mi infancia. Finalmente terminé admitiendo el privilegio de mi visión por su competencia para habilitar mi condición de lector, para filtrar el mundo a través de la letra impresa y de las imágenes que lo replicaban para representarlo. Esa distorsión contaminó los sonidos que iba alineando en concordancia con las melodías que me permitían entender la vida como si transcurriera en sintonía con los movimientos de cámara de una película. El extremo de esa dislocación se concentraba en el tacto, en particular, cuando la piel de mis manos se deslizaba por el cuerpo de las mujeres con las que me he sumido en los espejismos de la pasión, las sensaciones, inevitablemente me estremecían, mediadas por los cuerpos ficticios que había deseado en los *collages* que componían los restos de innumerables imágenes que había imaginado rozar. Quizás habría sido distinto si hubiera optado por fiarme de lo que mis ojos veían directamente, simplemente hubiera mirado el mundo, apartándome de las apostillas que acompañaban las representaciones que fetichizaba, aceptando que en los fenómenos que percibía, podría haber una clave para entenderlos; preferí afiliarme con don Lupercio Leonardo de Argensola y vivir bajo esa consigna: *Porque ese cielo azul que todos vemos, ni es cielo ni es azul. ¡Lástima grande que no sea verdad tanta belleza!*

Mi fui acercando al puesto de Gregorio atravesando los laberínticos pasillos del Mercado de las Pulgas, por tramos, haciendo equilibrio sobre tablones inestables que permitían salvar charcos que corrían por los declives, dejándome sacudir por los vozarrones y la diversidad de sonidos que se entretejían con los lejanos murmullos de la calle. Gregorio debía tener más o menos mi edad, cuando lo vi, la escena me perturbó, ese podía haber sido Jorge Cáceres, pensé, si se hubiera animado a profundizar alguna de sus vocaciones. Vestía sin importarle la apariencia, no a medio camino como yo, que proclamaba mi repudio a algunas convenciones pero vestía un gabán comprado en Roma; estaba rodeado de multiplicidad de objetos ordenados con criterios heterodoxos, distante de la pulcritud de mi oficina; él alquilaba local en el Mercado de las Pulgas y no había heredado, como yo, una propiedad en la Galería Güemes. Fue apenas un breve *flash back*.

El rechazo a la comunicación por vía telefónica se justificaba cuando se conocía a Gregorio personalmente; acompañaba las palabras con gestos corporales que subrayaban, con diversos matices y énfasis, cada una de sus frases. Estaba desparramado en un sillón de dos plazas tapizado en pana azul que exhibía manchones del desgaste producido por los años, a su alrededor había un auténtico macrocosmos de los materiales más disímiles; un gran globo terráqueo de pie se acodaba con un atril medio doblado, en un estante se amuchaban dos clarinetes, un saxofón y un violín en una convivencia obligada con montones inestables de revistas, diarios y libros; el inventario sería interminable, siempre que las finanzas se lo consentían se guiaba por sus preferencias en las compras para acrecentar el inventario de objetos que luego ofrecía a la venta. Me invitó a que tomara una silla estilo *Victory,* de una pila, y me tendió un grueso volumen; lo que inicialmente creí que resultaría complicado recuperar, Gregorio ya se habría desprendido de un libro cuyo valor podría ser estimado por su peso en papel, lo tenía entre mis manos. La tapa de *Yo persigo una forma* era una reproducción de un cuadro impresionista de un pintor argentino, que creí reconocer; sobre un fondo negro que la enmarcaba, por encima el título y el nombre del autor en letras de molde blanco, abajo el sello de la editorial y el año 1986.

«Recién terminaba de acomodar lo que le había comprado a la viuda de Miranda cuando recibí el llamado de mi cuñada. Esa misma tarde salí para Dorrego a hacerme cargo del almacén de mi hermano, que había tenido un infarto. Gaspar zafó raspando; le recomendaron hacer reposo un tiempo y andaban cortos de fondos; el negocio era la única fuente de ingresos. Fue mi temporada en el infierno, regresar a una convivencia obligada con un hermano mayor y su familia tipo, atender un comercio en horarios fijos, día tras día mantener las mismas conversaciones sobre el clima, el costo de vida, atender clientes y proveedores, recordar caras y precios. Y sobre todo, volver a vivir en un pueblo. Apenas pude superar los bordes pegajosos de mi responsabilidad parental. Volví rajando dispuesto a no emitir la más mínima queja por esta maravillosa vida de mierda que fui edificando con mis notables miserabilidades. Esto no me ocurrió en el siglo pasado, ayer mismo me bajé del autobús y me vine al local a la tarde; lo primero que vi fue tu mensaje y me apliqué a buscarlo. No te hubiera convocado a este depósito de rezagos sino tuviera algo fuera de lo común, algo lo suficientemente valioso como para sorprenderte, lo que significa algo más que este hallazgo entregado en mano. El tal Eduardo Mirada, a la sazón el ignoto autor de ese volumen, además de manuales de administración y de economía, había acumulado un par de cientos de libros, en la mayoría de los grandes poetas del modernismo; no falta ningún nombre de los que se anotan en cualquier modesta antología del género; casi sin excepción, ediciones baratas de Austral, Kapelutz y afines. Los iba ordenando con la idea de ofrecerlos por paquetes a alguna librería del circuito de usados para estudiantes del secundario cuando tropiezo con las joyas de la abuela, dos ediciones de *Prosas profanas,* publicadas en Buenos Aires por Pablo E. Coni é Hijos de 1896 y la otra de 1901, editada por Librería de la viuda de Charles Bouret en París. No me cabe duda de que son valiosas pero no forman parte de mi perfil; se necesita un ojo fino para negociarlas con el comprador adecuado y al mejor precio. Si atiendo a mi intuición se me plantea un enigma: un lector como puedo imaginar a este Miranda en su obsesión fetichista puede haber comprado una primera edición de uno de los libros más importantes de Darío; por qué dos ejemplares, sino no era coleccionista. Te dejo la inquietud. Vos me pasaste el dato, nobleza obliga que te proponga que te hagas cargo y cuando la hayas vendido que compartamos el dividendo. Estoy tratando con Cáceres no hace falta que agregue otro detalle; digo, en el rubro al que vos te dedicas y que te incorporo como uno más en mi bazar de oportunidades perdidas, hay algunos buhoneros, aquí nomás a dos metros, que aceptarían gustosos el trato y me pasarían el cuarto con una sonrisa y demanda de agradecimiento incluida».

Un ejemplar único

Había alineado sobre el escritorio el libro de Eduardo Miranda y las ediciones de *Prosas profanas*; la inquietud de Gregorio tuvo prioridad, estuve buscando indicios y señales por cuanta bibliografía tuviese a disposición y con la paciencia de un lego en esa temática, después de muchos tropiezos y desatinos, di con la confirmación de que su olfato lo había guiado correctamente.

En diciembre de 1896 en Buenos Aires, sale la primera edición de *Prosas profanas* bajo el sello de la imprenta de Pablo Coni e Hijos con una tirada de quinientos ejemplares, puesta en distribución desde mediados de enero de 1897, y financiada por Carlos Vega Belgrano, patrocinador y amigo de Darío, que por entonces dirigía el diario *El Tiempo*.

Según han establecido estudiosos de la obra de Rubén Darío, los poemas fueron compilados por Leopoldo Díaz, Ángel Estrada y Miguel Escalada, integrantes del grupo inicial del modernismo porteño. A Estrada dedica Darío la sección "Verlaine" y a Miguel Escalada el poema "Canto de la sangre"; aun cuando la dedicatoria a éste último aparece con errata en la primera edición de *Prosas profanas* donde consta «A Miguel Estrada», por error del editor y acaso por confusión con el apellido del también amigo y poeta Ángel Estrada. El ejemplar de esa edición de 1896 es una rareza bibliográfica. Existe, no obstante, una edición facsímil de 1979, de esta edición de 1896 de *Prosas profanas*, a cargo del impresor Franz Wolf de Heppenheim, con tirada limitada a trescientos ejemplares, y publicada por System Verlag, Vaduz, Liechtenstein, en la colección «Scripta Manent», y con prólogo de Juan Carlos Ghiano fechado en Buenos Aires en enero de 1978. Fue la ratificación de que en la biblioteca de Miranda había un original de esa edición y, correlativamente, de la sagacidad intuitiva de Gregorio.

En 1898, Darío, por motivo del estallido en ese año, de la guerra de Cuba entre España y los Estados Unidos, viaja a España como corresponsal de *La Nación*. En febrero de 1900 se traslada a París para cubrir la Exposición Universal. En esos viajes siguió escribiendo, de tal manera que la primera edición de 1896 quedará ampliada en 1901, con veintiún poemas más que constituyen la edición de *Prosas profanas* publicada en París en enero de 1901, en la Librería de la viuda de Charles Bouret, y dedicada también a Carlos Vega Belgrano.

El paradero de los manuscritos de los poemas *Prosas profanas* se desconoce, nadie ha dado pistas de ninguno, y desaparecieron de los archivos. Sin embargo, han quedado otros manuscritos del propio Darío, vinculados a ese libro: trata de dos páginas de la edición de 1896 de *Prosas profanas*, concretamente del poema "Garçonnière" en las que Darío agrega una dedicatoria "A G. Grippa", y al dorso Darío corrige un error del tipógrafo, que puso "brujo" en lugar de "bruno" en el verso once de ese mismo poema; a las correcciones se suman también tres cartas de Darío al editor Pablo Coni, que confirman la publicación del volumen de *Prosas profanas* a mediados de enero de 1897, y que plantean la posibilidad de que existiera una edición anterior a la que se tiene generalmente como "primera", y que conforme a las instrucciones de las cartas manuscritas de Darío, debían ser destruidas.

La primera carta autógrafa de Darío a su editor está fechada el 1 de enero de 1897 y dice:

Mi estimado Sr. Coni, Sírvase ordenar un
nuevo tiraje de la página adjunta, con las

corecciones hechas. Una de ellas fue ya
corregida por mí en mi primera prueba. El
tiraje es necesario, de cualquier manera.
Su atto... R. Darío.

La segunda carta con el membrete del "Director
General de Correos y Telégrafos. República Argentina" y
está fechada el 16 de enero de 1897 con estas palabras:
Distinguido Sr. Coni, Sírvase enviarme el
resto de los ejemplares negros de *Prosas
profanas*. Su atto... R. Darío.

Finalmente, la tercera carta, con el mismo
membrete, y fechada el 21 de enero de 1897 se lee:
Estimado Sr. Coni, Puede Ud. enviar los
libros al Ateneo, calle de Florida. Su
atto... R. Darío.

¿Son esos "ejemplares negros" de los que habla Darío los
restos de aquella primera edición perdida de *Prosas
profanas* que se habría publicado en 1896 con erratas y que
no quiso que viera la luz reclamando un nuevo tiraje? La
paginación del poema "Garçonnière" en las pruebas
corregidas por Darío y conservadas en la Biblioteca del
Congreso, no coincide con la paginación definitiva de ese
mismo poema en la supuesta "primera edición" de 1896 de
Prosas profanas, y la distribución tipográfica es diferente
dada la nueva inclusión de la dedicatoria. En definitiva,
Miranda, vaya a saber cómo, consiguió un ejemplar de una
edición de *Prosas profanas* anterior a la que ha sido
considerada como primera.

Las hipótesis pueden ser varias; si hubo ejemplares negros, nada asegura que alguno de ellos no haya seguido circulando; el gran enigma era que Miranda, lector consumado, tenía las dos versiones de esa edición, por lo tanto, debía haber advertido la diferencia. Y luego, y más escabroso aún, cómo llegaron a sus manos.

Ese interrogante había quedado en suspenso hasta que comencé a hojear *Yo persigo una forma;* tras la portadilla, había una página con la dedicatoria a los hijos, y en la siguiente un epígrafe *Rectificando invenies occultum lapidem* (rectificando usted encontrará la piedra oculta), que parte del anagrama VITRIOL, una estrella de siete puntas, imagen utilizada a menudo en la alquimia, para aludir a la influencia de los planetas sobre el ser humano; uno de los símbolos más difundidos de la masonería y que reconocí porque el tío Pedro era un experto estudioso de esa sociedad secreta; pero, como participaba del universo de lo que mantenía en una cerrada reserva a la que habría que sumar asuntos apartados de nuestra intimidad, nunca supe a ciencia cierta cuáles eran los vínculos.

Entre los artículos que había fatigado sobre *Prosas profanas,* recordaba una afirmación del crítico Alberto Acereda, quien menciona como al pasar: "A mi juicio, y a la espera de nuevas investigaciones, el apoyo que Darío encontró en Buenos Aires, y el sufragio de su libro por Vega Belgrano habrá de explicarse dentro del mundo oculto de la masonería, a la que Darío perteneció como lo muestran algunos de sus poemas y su temprana amistad con masones como Eduardo de la Barra, José Victorino Lastarria o el mismo Bartolomé Mitre. Manuel Mantera ya demostró, documentalmente, cómo Darío fue iniciado formalmente en la masonería en enero de 1908 en Nicaragua; ya años antes estuvo en contacto con el mundo masón."

Una explicación válida, al margen de cualquier ensayo de atenuación de mis dudas, podría ser el pasaje de mano en mano a lo largo de los años de los dos ejemplares, de un miembro a otro de un culto reservado solo para iniciados.

Como introducción fue un aliciente a la lectura de los poemas de Miranda. En principio, coincidía con el juicio que había recibido de los lectores, tanto en los talleres como en las lecturas públicas de sus poemas: mis reticencias a aceptar juicios dependientes de la escucha oral de textos literarios, me alentó a otro modo de interpretación, fundada en una lectura minuciosa de los poemas.

Dar por sentado que el sentido de la cita en latín se clausuraba con una remisión a la masonería no me conformaba, y opté por leerla como un indicio que anunciaba la posibilidad de que la significación podía estar "oculta" a la primera mirada, que debía atravesar lo literal para comprender la ley de su composición y las reglas del juego que proponía. Esos rasgos no se esconden en los pliegues de un secreto, simplemente no se entregan nunca, en el presente, a nada que pueda ser un sentido único.

El título del libro era el recorte de un poema de Darío: "Yo persigo una forma", de inmediato, fue notorio que había un envío que no se resumía a una glosa para quedar adherido a la luminosidad magistral de Darío. Mientras que el poema dariano cerraba el volumen, el de Miranda abría el suyo; luego, al confrontarlos surgían evidencias de la reescritura de Miranda, que no se había propuesto ser el Pierre Menard de Darío.

Tomando la primera estrofa del soneto de *Prosas profanas* lo confronté con el de Miranda:

Yo persigo una forma que no encuentra mi estilo,
botón de pensamiento que busca ser la rosa;
se anuncia con un beso que en mis labios se posa
el abrazo imposible de la Venus de Milo.

Yo persigo una forma no solo en mi mirada,
brote de sentimiento que llega a ser un lirio;
se asoma con un destello que encandila un cirio
en leve sueño que del poema haga una asonada.

Miranda ha respetado en su "Yo persigo una forma…" el modelo de un soneto clásico, composición poética que responde a un diseño estrófico y de versificación fija y predeterminada. Ese arranque me orientó a imaginar que tensaba la cuerda de un arco para soltar la flecha en una dirección distinta. No obstante, también al considerar que el sustantivo "forma" funciona en el título como complemento del verbo "perseguir" y, por lo tanto, como objeto pasible de ser buscado por un sujeto que se hace presente tanto en el pronombre personal de primera persona del singular "yo", como en la flexión del verbo, en consecuencia, esa "forma" perseguida solo puede plasmarse en el poema como aproximación, como gesto de una voz lírica de un perseguidor, como movimiento de indagación que apunta a una tentativa de atraer a esa forma "que no encuentra mi estilo" en el original; en cambio, Mirada la transforma en "no solo en mi mirada", desplazando el rasgo de identidad del estilo a la deriva plural de la lectura. Si en ambos sonetos el sustantivo "forma" comporta un sentido que excede lo estrictamente formal, Darío profundiza la conciencia de no poder alcanzar aquello que se persigue, poniendo de manifiesto su adscripción a una estética acrática basada en la reivindicación de la libertad de la creación artística centrándola en la escritura, al confrontarla con la de Mirada se genera una distancia insalvable entre aquello que se busca y lo efectivamente encontrado: en Darío la forma encarna un ideal que se busca en la escritura y en Miranda en la lectura. La indagación incesante vinculada con la palabra poética, que se materializa en el segundo verso en la imagen de la rosa como símbolo tradicional de la poesía en el original, en la reescritura de Miranda se trasmuta en un lirio.

El modernismo recurrió a las flores no solo por su belleza, sino porque a través de ellas podían espiritualizar la materia. Las convirtió en símbolos en los que intervenían no únicamente los significados tradicionales sino nuevos valores aportados por la nueva sensibilidad. Las corrientes estéticas de fin de siglo: exotismo, prerrafaelismo, parnasianismo, simbolismo, decadentismo, influyeron en la valorización de ciertas flores, entre ellas, el crisantemo, la orquídea, la rosa, el loto, el lirio, como puede verse en la literatura y el arte del modernismo hispanoamericano.

El lirio fue una figura frecuente en la poesía modernista que se deleitaba ante sus complicadas formas; el arabesco de los sinuosos pétalos, los largos tallos y hojas como espadas, que aparecen, entre dragones y quimeras con alas de fuego, tallados en la arquitectura de los templos, labrados en los capiteles, esmaltado en los muros de laca; en definitiva, esa divergencia se acentúa porque el lirio atrae la rima del cirio que connota la luminosidad y en el remate se remarca la diferencia mientras Darío remite a la cultura clásica, Miranda envía a la asonada, a la revuelta.

La figura de la Venus de Milo que aparece en el último verso se relaciona con la rosa, no sólo en tanto simboliza la belleza femenina, sino también como reforzador de lo inasequible/inalcanzable representado por su "abrazo imposible". Ambos aspectos manifestados –la poesía como idea y como belleza–se enlazan en el poema a partir del despliegue de un contrapunto entre lo racional, cifrado en el "botón de pensamiento" del segundo verso, y el erotismo, que se filtra en "el beso que en mis labios se posa" del tercero. Miranda reescribe "brote de sentimiento", del pensar se pasa al sentir que culmina en un lirio, que a diferencia de la rosa puede connotar un sentido de ruptura que habilita "el destello que encandila un cirio" para rematar con la alusión al vuelo onírico que deviene en un poema vehículo de la "asonada."

Mis notas se sucedían y habían contaminado la posibilidad de ponerlas en relato por la complejidad propia del comparatismo; me decidí por concentrar mi interpretación en una estrofa, relevante, integraba el título como condensación de los rasgos del conjunto de poemas que componían el libro. Miranda pone el acento en el proceso de lectura, parte de los poemas modernistas más consagrados y los reescribe orientando su poética en el acto de leer. Me sentí asediado por la exigencia de plantear un presupuesto, no me refería a la dimensión lírica, no comparaba parte de un soneto de uno de los más grandes poetas de la lengua castellana con los de un amanuense amateur, sino pretendía señalar que Miranda era algo más que un exegeta, un repetidor que se plegaba a las resonancias de otros y las replicaba como un eco distorsionado por la evidencia de la mala copia.

En 1891, Claude Monet compone una serie de pinturas sobre parvas en el campo en las que capta el efecto de la luz crepuscular sobre un monte de trigo que los granjeros locales dejaron luego de la cosecha, cerca de Giverny. La pintura, a cielo abierto, es muy característica de su obra, que siempre se interesó por plasmar los reflejos de la luz en diferentes horas del día.

Apenas tuve en mis manos el libro de Miranda su tapa me evocó una pintura de Martín Malharro; en una recorrida por el Museo de Bellas Artes en Buenos Aires, cualquier visitante puede reconocer el mismo tema que inspiró a Monet, pero en otro escenario geográfico, en otra fecha.

La elección de esa pintura en la tapa del libro no era casual, un artista argentino retomaba la misma temática de un gran pintor; luego de leer sus poemas creo que esa fue una señal del impulso que guiaba su poética.

El gesto de publicar *Yo persigo una forma* en un ejemplar único, era su asonada contra las voces que se habían negado a leer la diferencia y, de mi parte, un motivo para revalidar la idea de que los talleres literarios se aproximan a escenarios más propicios para ejercicios de psicodrama que para el trabajo sobre la escritura. No me negaba a aceptar que, como otras veces, mi perspectiva exhibía limitaciones para aceptar variantes y que prefería sentar precedente y no apartarme para terminar concertando posturas anodinas.

Inminencias y cierres

Hay una idea de espera, algo está por ocurrir, mínimo quizá, pero inminente. Entonces la narración, en un punto, sería una práctica de la inminencia y del cierre.
Ricardo Piglia

Anudando

> *La novela es el género de lo que no tiene género: ni siquiera un género bajo como la comedia (...). La novela está desprovista de todo principio de adecuación. Lo que quiere decir también que está desprovista de una naturaleza ficcional dada.*
>
> Jacques Rancière

23 de enero. Había elegido *Round About Midnight* de 1957 para acompañar un deliberado recorrido por los últimos meses. Una obra sublime de aquel gran quinteto con Garland, Chambers, Jones y John Coltrane como saxofonista tenor; el estilo del grupo resaltaba a Miles Davis interpretando solos largos, ligados y esencialmente melódicos, mientras Coltrane contrastaba con sus intervenciones estableciendo un contrapunto inigualable. De manera discontinua merodeaba por el pasado reciente. Una oportunidad algo tardía para mí, que ya cargaba con haber pasado la quinta década, que si bien no era para nada una edad excesiva, se dejaba sentir en resentimientos con mi modo nostálgico de estar en el mundo. Era, quizás, por los movimientos algo lentos, pausados y lánguidos, lo que hacía que el autorretrato se encaminase hacia un personaje más viejo y cansado que los anteriormente novelizados y, hasta con cierto patetismo. Me veía como narrador, observando el paisaje de la ciudad nocturna agobiada por el calor, desde una de las salidas de la Galería.

He vuelto sobre la narración que he ido componiendo con el cuidado de no perder de vista –la metáfora surgió sin esfuerzo–, que ese ejercicio de lector de mí mismo como si fuera otro, implicaba un compromiso: no enredar los dedos con los tientos del entramado, no añadir un desvío arbitrario que rompiera la costura; trataba de seguir con la mirada la trayectoria sinuosa de la mano, de recomponer el trenzado, con la consigna de que entreverar era seguir el curso de cada ilación, y también saber continuar el hilván hasta ajustarlo. Dos episodios sacudieron la anomía de días sin relieves: alguien me contrataba para buscar un ejemplar único, de un ignorado escritor; el desafío era lo suficientemente extravagante como para justificar mis notas en la libreta negra que mantenía desde hacía semanas sin siquiera una frase; con la extraña simetría de la desmesura, en una de las habituales compras de bibliotecas heredadas llegó a mis manos una primera edición nada menos que de *El pozo* con el agregado notable de dos cartas que habían intercambiado Onetti con su amigo Kostia. La trama entre las dos series de notas que volcaba en relato, surgía como el despliegue producido por las circunstancias que se iban sucediendo.

Mis experiencias cotidianas están regidas por horarios y duraciones establecidos, con límites fijados externamente. De modo que la narración ha sido el yacimiento en donde he puesto de manifiesto la tensión entre una realidad estructurada, esquematizada, racionalizada, y una experiencia fluida, dinámica, donde se trasponen duraciones múltiples que no dependen de algún ritmo fijo.

Hasta que, en uno de los incidentes que formaban parte de la investigación sobre el paradero de Kostia, me sacudió con la evidencia de que desde la nada, desde ese territorio inasible que había atravesado sin advertirlo, la voz de una mujer que reclamaba atención, producía un seísmo incontrolable, me ponía en la disyuntiva de descartar la urdimbre de las dos series o intentar recomponerla; la sapiencia y serenidad de Hebert sostuvieron la posibilidad de la reescritura.

La lectura y las derivas narrativas se imbricaban mutuamente como momentos de una misma operación de injerto. El dilema era aceptar el riesgo de que una inserción anómala perturbara el flujo o provocara una salida de cause del curso narrativo en proceso. No todo valía. Sin embargo, en la instancia de la escritura se me fue imponiendo en tramos, añadir, injertar, para sostener el ir y venir de la urdimbre entre las series.

Iba desplazando las acentuaciones o la puntuación oculta, potencializando o atenuando la economía subrepticia de los discursos altisonantes; multiplicando en el entramado los tratos, las transacciones, los contrabandos, los injertos, borroneando los parasitismos.

En mi escritura, el taller de pensamientos, de vivencias, de imágenes, operaban como el oficio de tejedor, en el que un movimiento de los dedos agitaba la tirantez y la tracción de los tientos, en el que el ojo sujeto a las manos subía y bajaba sin cesar, en el que en la ilación se deslizaban engarces invisibles y se formaban mil nudos de un golpe; el lector viene después, éste es el retraso de la mirada, del "he llegado tarde" que analiza a posteriori y quizás se anime a recomponer un pasaje del trenzado. Desde esa etapa posterior, los reenvíos entre los elementos posibilitan la formación de cadenas y de tejidos significantes. No sólo un elemento se suma a otros elementos para producir la cadena, sino que una cadena se cruza con otras cadenas para tejer un texto. La urdimbre emerge de la transformación y en el entrecruzamiento de innumerables envíos y reenvíos.

Unos meses después, con el contrapunto Davis-Coltrane de fondo, he examinado las discrepancias y las defraudaciones. Situado en la exigencia de llegar al punto en el que debía detener la deriva de la trama, asumiendo las imágenes de las que me había servido en la narración, como un guasquero trataba de enlazar los tientos para que no quedaran sueltos, formaran parte del tejido y no contribuyeran a que se desarmaran.

Las series iniciales, que provocaron las primeras notas movidas por la extrañeza y las casi nulas expectativas de consumar su hallazgo, habían alcanzado un cierre inaudito contradiciendo su desarrollo. Lo inesperado de una huella sangrienta, que emergió abruptamente desde la nada dominante de mi existencia, había sido apena un indicio suelto que remitía a una nebulosa abierta a posibles consecuencias improbables; no obstante, había culminado en concordancia con la consistencia de la veracidad.

Sin más esfuerzo del que me demandaron algunas llamadas telefónicas a Gregorio Flores y la resignación de esperar su regreso de Coronel Dorrego, me permitieron hallar el ejemplar único de José Luis Miranda, con el adicional extraordinario de que en su biblioteca conservaba dos versiones de la primera edición de *Prosas profanas*. El profesor alemán con el que había concertado la búsqueda de las publicaciones anarquistas de principios el siglo XX, se mostró interesado en la adquisición de los libros de Rubén Darío y tras un trámite sumario, aceptamos, con Gregorio, la oferta que nos hizo su universidad.

Cuando la investigación sobre las cartas entre Onetti y Kostia parecía haber entrado en un callejón sin salida, Eliseo Pallares me acercó la referencia de un colega que preparaba una tesis sobre el contrabando en el Río de la Plata durante la Segunda Guerra; el licenciado Patricio Ibáñez me permitió acceder a documentación que respaldaba la caracterización del mundo de los contrabandistas en ese período, lo que derivó en una intricada sumatoria de informes relacionados, inicialmente, con Julio Adín y, de manera colateral, con datos sobre Kostia, que me habilitaban a seguir por esa línea de exploración.

Con un ritmo cadencioso voy desentrañado algunos pasajes de su vida y me he ido acercando a su entorno, de modo que mantengo abierta la esperanza de encontrar un tesoro oculto; la imagen del rescoldo mantiene en suspenso el anudamiento y abre la posibilidad de una secuela.

El doctor Asconzábal se reveló como hábil experto en comunicación mediática; en una maratón por programas televisivos y entrevistas radiales exponía su demanda en frases de no más de diez palabras, sin subordinadas, precisas contundentes. El impacto fue correlativo al que había alcanzado el caso del asesinato de Clara Domínguez, trajo aparejada una secuela distinta, Aldo Bareiro había sido condenado sin alternativas; en cambio, la situación de Diego Mendieta habilitó el escenario tan transitado por el cine del enfrentamiento en un juicio de dos historias de verdad.

La atracción de las cámaras y los micrófonos, más que por cualquier otra variante del derecho penal, generó la amplificación de la puja, casi en simultáneo se asomaron a las pantallas, y a los titulares de los diarios, los abogados de la parte acusada, para esgrimir sus argumentos: «Se están quebrando las garantías constitucionales», afirmó el doctor Arnaldo Insúa, quien agregó que habría que «evaluar las evidencias y pruebas que constan en el expediente» para luego elaborar el pedido de excarcelación del acusado. «El lunes estaremos haciendo una presentación de alguna medida cautelar liberatoria en virtud de que Diego Mendieta no tiene antecedentes, tiene arraigo, trabaja, se compromete a cumplir las reglas de conducta que le imponga el tribunal y no hay méritos para pueda entorpecer la investigación o burlar la Justicia». Además sostuvo que a su defendido no se le respetó su derecho «a ser oído en un acto no previsto en el Código Procesal Penal y en la Convención Americana sobre Derechos Humanos», manifestó a continuación y agregó que «las actas de audiencia contienen datos falsos que reflejan actos de cumplimiento imposible».

Por su parte, Asconzábal afirmaba que en el caso Bareiro la Suprema Corte se desentendió de analizar el fundamento del recurso por cuestiones formales, de lo contrario debió decretar la nulidad de la intervención del juez inferior.

La Cámara de Apelaciones favoreció a Bareiro y habilitó que a se reactive una causa contra la fiscal y el juez actuante, por "falsedad ideológica de instrumento público" y "privación ilegítima de la libertad".

Diego Mendieta fue acusado del asesinato de Clara Domínguez, hasta que se sustancie el juicio gozará de libertad condicional; por su parte, Aldo Bareiro aún espera el dictamen del tribunal que tiene a su cargo la anulación de la sentencia para quedar en libertad.

Ese tiento del entramado fue el que me resultó más fácil de anudar; apegado a las peripecias del género policial mi narración confirmaba la certeza de que en la literatura sigue sido la residencia de la postulación de la verdad en el plano intangible de lo imaginario.

Adenda posterior

Roberto Ferro escuchó la síntesis de las historias que yo había titulado *Un ejemplar único,* casi no me interrumpió, salvo para manifestar su escepticismo acerca de la importancia de las cartas entre Onetti y Kostia. Por último, amigablemente me advirtió que estaba muy ocupado, que le pasaría el original a María Laura Ochiro para que lo corrigiera y editara, antes de enviarlo para la publicación.

Confesiones tardías al margen

Tú le conoces, lector, ese monstruo delicado,
-¡Hipócrita lector, – mi semejante, – mi hermano!
Charles Baudelaire

El lapso de escritura de *El ejemplar único* abarcó desde mediados de agosto del año pasado, cuando una doble provocación, que se hizo presente casi en simultáneo, me impulsó a retomar las notas en la libreta negra, hasta fines de enero en que asumí la imposición de darle un final a la trama en la que disponía las secuencias de la libreta en relatos entrecruzados; en una reescritura posterior debí incorporar las peripecias de la huella sangrienta. La vivencia de esos episodios, aquello que los distinguía de la mismidad de mi vida, se centraba en que tenían algo insólito e inesperado; la decisión de darle un final a los relatos que eran una tentativa de registro de la memoria se articulaba con el orden constructivo del entramado que los figuraba. Especulaba que esa era una actitud que implicaba un gesto de diseminación del sentido, establecía una escisión entre vivencias y escritura. Esa instancia remitía a la forma entendida como un marco, una frontera, un lugar de tránsito. Pensaba el cierre como lugar de cruce entre vivencias y literatura, trazado como una condición de la forma.

He recibido las pruebas de galera de la editorial de la versión editada por María Laura Ochiro y tutelada por Roberto Ferro; libre de las ataduras de la autoría en tanto que un heterónimo apócrifo me he aplicado a la lectura.

Como lector en tránsito, no he dejado de merodear, atento a lo que fluía ante mis ojos; con una vigilancia no sólo regida por el pensamiento sino también por la intuición y el ensueño imaginario; situado en esa perspectiva, he tratado de no precipitarme en cada frase, constantemente me he reservado con astucia la oportunidad de volver sobre mis pasos para confirmar algún anuncio diferido. Era un lector en tránsito, que como un buen jugador confiaba en sus artificios asumiendo los riesgos de las apuestas; entonces cada vez que me enfrentaba con una frontera o límite me convertía inevitablemente en un contrabandista. Replicando las andanzas de Julio Adín. Desde mi posición y mi manera de profesar la lectura, definir un lector y predicar que ejerce el contrabando no hacía más que repetir en el predicado lo que ya estaba dicho en el sujeto.

No lo pensaba como una proclama de efusión ética, simplemente era la consecuencia de una imposibilidad insoslayable. No sólo he estado tentado, sino que he programado minuciosamente mis operaciones de tráfico entre bordes y límites, digo aplicando "mi buen saber entender", pero nunca he alcanzado mi objetivo, siempre terminé dominado por una fatal certeza: una parte sustancial de lo que había pretendido trasladar conmigo a través de las fronteras quedaba del otro lado. Mi fracaso, en ninguna oportunidad fue provocado por la proba gestión de los aduaneros ni por la consistencia de sus barreras; la causa era menos directa y más sinuosa: nunca he podido alcanzar a aprehender la totalidad de lo que quería llevar más allá de los bordes, envolverlo en mi comprensión, embalarlo con mi interpretación. Por último, he sido ganado por la convicción de que no podré traspasar los límites materiales del texto, su comienzo y su final, sin dejar atrás una parte decisiva de su significación; una vez que repasaba la tensión de los tientos en la urdimbre, en simetría con la jactancia de nombrarme como un guasquero emulando a don Amalio Figueroa, lo que quedaba era tan trascendente que me invadía un íntimo sentimiento, tanto de pérdida como de desafío, al pensar que lo que en definitiva había trasladado conmigo resulta apenas un exiguo cúmulo en relación con ese resto asentado entre las páginas leídas, sin que yo pudiera moverlo de allí, sin tener la posibilidad siquiera de intuir cuál era su residencia en esas páginas transitadas. Esa potencia se basaba en la imposibilidad que tiene el resto de articular un significado estable, también en que ese resto no era siempre el mismo, como rescoldos, iluminaban innumerables derivas. El texto extendido como el producto de las manos de un artesano se me presentaba como un dispositivo de producción de sentido y no como la encarnación de significados y valores preestablecidos

La elección de una retórica de los límites para caracterizar las actividades de lectura se vinculaba, íntimamente, con la idea de que el sentido no estaba confinado por alguna ley del género, ni siquiera de la narrativa policial a la que había pretendido adscribirlo. Tampoco condenado a proferirse en una única lengua o, para el caso, en una lengua que legalmente pueda convertirse en otra, solo y únicamente, después de haber atravesado de acuerdo a derecho las fronteras de la traducción. Un lector se asume como un contrabandista cuando, persuadido de que los bordes del texto instauran, de manera convencional, una jurisdicción conceptual para clausurar finalmente el sentido, opta por recusar esa imposición. Las actividades ilícitas del contrabando trasgreden la norma que establece el con/fin del sentido, que consiste en concebir la actividad de lectura como una determinada relación con un texto que produce *quantum* de significación que se satura y se cierra sobre sus límites. Todo lector contrabandista, que desconoce la unidad y la clausura, debe aceptar una aporía: si el sentido es inagotable, necesariamente entonces, cada recorrido a través del texto tiene como consecuencia dejar restos por la incompletud del sentido. Quizás como artesano de la escritura puedo aspirar a imitar la destreza de un guasquero, y como lector desconocer las limitaciones de esa intención.

No he terminado de contar la historia que estaba en el origen de las notas del principio. Continuo escribiendo un relato que se convierte en otro y la trama urdida toma una forma que no estaba prevista. Lo único que sigue igual y que está en el arranque de las notas es el personaje que escribe un final inconcluso.

Contenido

Roberto Ferro, escritor y crítico literario. Doctor en Letras por la Universidad de Buenos Aires, profesor e investigador de la Facultad de Filosofía y Letras. Ha dictado cursos de posgrado en Uruguay, Brasil, Venezuela, México, Francia, España e Italia. Participa del Consejo Editorial de numerosas revistas académicas y literarias. Entre sus libros publicados están *Lectura (h)errada con Jacques Derrida - Escritura y desconstrucción* (1995), *La ficción. Un caso de sonambulismo teórico* (1998), *El lector apócrifo* (1998), *Sostiene Tabucchi* (1999), *Onetti/La fundación imaginada* (2003), *De la literatura y los restos* (2009), *Derrida- El largo trazo del último adiós* (2009), *Fusilados al amanecer* (2010), *Textos y mundos* (2015), *Cortázar – Un nómada de otras orillas* (2018) y *El aparejo de un crítico* (2021). Ha dirigido el volumen dedicado a Macedonio Fernández en *La Historia Crítica de la Literatura Argentina* (2007), y la edición crítica de *Operación Masacre seguido de La campaña periodística* (2009). También ha publicado las novelas *El otro Joyce* (2011), *Los borradores de Macedonio (Una casi novela sin final)* (2016), *Fuera de Foco* (2018), *Desde aquella ventana* (2019), *Y tendrá tus ojos…*(2019),

El pozo de Funes, (2020), *Todo viene del pasado*, (2020)y *La próxima puerta* (2021). Algunos de sus libros han sido traducidos al inglés, al portugués y al italiano. En 2016 fue distinguido con el Premio Konex a "Ensayo literario" por el período 2004-2013.